空山

韩兴贵◎著

浙江工商大学出版社
ZHEJIANG GONGSHANG UNIVERSITY PRESS

图书在版编目(CIP)数据

空山 / 韩兴贵著. — 杭州：浙江工商大学出版社，
2018.9
ISBN 978-7-5178-2890-7

Ⅰ．①空… Ⅱ．①韩… Ⅲ．①诗集-中国-当代
Ⅳ．①I227

中国版本图书馆CIP数据核字(2018)第183803号

空　山

韩兴贵　著

责任编辑	徐　凌　李相玲
封面设计	小　虫　林朦朦
责任印制	包建辉
出版发行	浙江工商大学出版社
	(杭州市教工路198号　邮政编码310012)
	(E-mail：zjgsupress@163.com)
	(网址：http://www.zjgsupress.com)
	电话：0571-88904980，88831806（传真）
排　版	杭州彩地电脑图文有限公司
印　刷	杭州恒力通印务有限公司
开　本	880mm×1230mm　1/32
印　张	8.25
字　数	197千
版印次	2018年9月第1版　2018年9月第1次印刷
书　号	ISBN 978-7-5178-2890-7
定　价	35.80元

总　序

新世纪已经走过了将近20个年头，相较于20世纪80年代和90年代的写作，汉语诗歌取得了稳固的进步。没有了80年代为强化诗歌的主体性与意识形态的激烈对峙，没有了90年代对语言与社会关系无止无休的辨析，新世纪的诗歌发展平稳而信心十足。经过了近40年的洗礼，诗人们普遍开始以平和的心态和深入的体悟，来面对时代的风云变幻。可以说，诗人们经过了朦胧诗和第三代诗歌对个体主体性的确立所付出的艰辛努力，经过了90年代个人化写作所积累的经验和想象力，写作技艺已日臻成熟，而新世纪最初10年的网络书写所开启的无中心性、无权威性的民主状态，再次使得诗歌回到其本然的起点——从个体生命的感知出发，面对对象，尽情展开，不拘一格，汉语诗歌的格局已经有了新的气象。

从新时期开始，为了确立自我的主体性，汉语诗歌曾经经历了一段异常艰难的时期。作为对现代性的某种抵抗和否定，现代主义诗歌尽管对辨识现代否定性的意识形态有所帮助，但并未在匡正后者方面取得成功，因为现代信仰体系及其概念已然能够对所有挑战它的行为进行过滤、塑造和转向了。在思想启蒙语境下高扬自我的朦胧诗的主体性便束缚于这种反对立场，无法实现本原性的展开，而主体性恰恰需要以其所对立的对象来定义和界定。其后的第三代诗歌及90年代中前期的个人化写作，再次采取反叛的姿态，对朦胧诗的代言式主体进行解构，试图恢复到日常生活的平面化上来，诉诸人的本能与下意识，解构、欲望和狂欢成为新的关键词，以消解意识形态对潜意识的符号化，可是事实证明，这同时带来的必然是批判精神的丧失。

　　然而，在这种精神自觉的向度趋于式微的情况下，少数重要诗人却在其对写作的先行探索中展开了自己对主体性的特别理解，既不同于朦胧诗以一种意识形态抵抗国家美学的主体性，又不同于其后普遍对狂欢化欲望书写的过度依赖，他们已经开始从单纯的解构走向建构。他们更重视此刻此地，能够从日常经验中发现事物的神秘性，他们更超越、更从容地对待过去，从而能与当下的生活没有阻隔地融合，而获得一种单纯的使偶然完美的能力。就他们而言，对于来自翻译的现代主义和后现代主义技巧的遍历策略与实验，已不是他们之所需，传统与个人经验、词语与物、审美愉悦与道德承担、个人生活与公共世界之间的张力，已不再成为问题和阻碍，而是深入更广大的历史与精神空间的途径。尤其难能可贵的是，在将幻觉的启示、超验或抽象的动力注入经验的结构之时，诗人们往往对统一和总体化怀有清醒的自我意识，一种自我质疑的气质抵抗着从可见向不可见的过渡升华，而这样的自我意识，不但是文学，也是人格成熟的重要标志。对语言的社会力量和自我的建构性的重视，使得诗歌超出了以往简单的个人经验的塑造，从此，汉语诗歌开始真正走向建设性的成熟。

　　诗学理念的最高体现就在于诗歌文本本身，这也是本文库冠以"诗与诗学"之名的一个起因，同时也保留了某种开放性与可拓展性。文库集中收录沉潜于文本建设、秉承独立美学立场、精神取向高洁、人本与文本高度统一的优秀诗人的个人诗集和诗评家的诗学专著，凸显诗人们的综合实力与造诣，树立沉凝、高雅、大气的艺术形象。

马永波

目　录

第二辑 昨夜月光

第三辑　漂流记

第四辑 听一只鸟回答

第一·辑

山顶的孩子

泥　盆

一台老式收音机还在播报，父亲斜靠在外屋
说话时，衣服还是他死时穿的那种颜色
李相说他从泥盆来
泥盆里面能住人？泥盆又不是泥盆纪
前后装过腕足、菊石、昆虫、珊瑚和石松
4.5亿年，同位素的地质鱼类时代
太过恐怖
只长出一个大嘴，几乎没有身子
那时还不知道
泥盆只是他瞎说的一个名字
他在唱歌
我抬起折断的左手让父亲看
他什么也没说，好像根本不认识我一样
母亲在灶台切菜，刚出锅的黏米饭冒着热气
上面撒了一层厚厚的白糖
空地新搭起许多绿房子
我怯怯地问："里面有人吗？"
只有李相一个人回答："我在看蜜蜂。"
"蜜蜂在哪儿？"我又问
他不答，山顶的阳光煽动
好像被推过来的一片金色海浪，在眼前消失
一只泥盆挂在空中，太阳漆黑

寒衣词

吃过犷油条^①，也不忘送御寒之物，不问长尺有咫^②

听筑坟之人的哭嚎

　"是月也，天子始裘。"

没有，词意中的天子早已驾崩。铭记

无心效仿裁纸五彩

压入心底的石头终要搬出

又一年的双膝跪地

硕大的眼泪烧成纸灰

爹娘呀，西山有松未扫

西山有雪未拂

西山有云未收

西山只有一座

农十月，黎明前的路途不废——

　"朋酒斯飨，日杀羔羊。跻彼公堂

称彼兕觥，万寿无疆。"

生命中的笃言

万寿无疆的唯有天地

斯人已去，与之何干？

注：①犷油条，一种油炸面食。

　②"长尺有咫"指传统年俗中挂千，即用吉祥语镌刻于红纸之上（长尺有咫，粘之门上，与桃符交相辉映）。

这等人世的大悲孝

去年呜咽的那些女子

早早行动，从平旦算时

大量身背鬼魂的人行走如飞

像我站在山下，不涩不晦

重做一件新衣裳

献于禾稼或草木的化身

朔日乎，恣为诡谲

白霜飞过河面，一眼望不到尽头的寒光

两个身影端坐上面

忧 惧

有个女人腿上放着一本书，由于干燥，压缩皮翻卷
上面只能看清一只手
车的前面就是下一站
这谁都知道，但从没见过有人在那里下车
另一个女人同一只狗聊天
时不时咕噜两句
互相伸出舌头。车上总共坐了七个人
中途又多出了一个穿军大衣的
脑袋缩进领子里
过了路口，车上只剩下我们四个人
开往城外一个不知道的地方
两侧的柳树全部被锯断
每棵上面都套着黑色塑料袋
追着车跑，试图抓起吹过来的风声
物体纷纷倒下，天果然比昨日早黑了许多
有人贴在车窗玻璃上，倒过来向里看
一张脸皮煞白，没长五官

吃 食

两只土狗争抢，吃食的还有两头猪

人的吃食摆满桌子

吃独食之人眼皮未撩

吧唧嘴，不说话。吃食不是吃食

如同野餐，你不能叫它吃野食

只有野鸡才可以胜任那种工作

野鸭或许不行，野兔是后来的服务项目

作风转变，吃食本该没有

树皮，草根或胡条枝子一类的粗纤维

像食堂一样

既不叫饭堂，也不叫菜堂

叫澡堂的最好吃饱再去，但别直接去吃阳光、雷电

风雨吹动的烟雾或泥泞

漫天的大雪呀，家中不可一日无米

叫灵堂是每个人最后的选择

身不由己，食为天下

"夫圣人鹑居而鷇食，鸟行而无彰。"

管它什么吃食，还是野食

学土狗，但不要抢食，自己去土里刨

没准瞎猫碰上个死耗子

某一个早晨

某一个早晨，某些人起早工作

小房车直接建在马路上，不用安装轱辘

马路拉着它，快呀快呀

另一个人在这边想了一会儿说：

"如果生活也是如此，必将一日千里。"

他们何尝不想呢

主要是收集日常事物

比如黏糕、卷饼、炒土豆丝、老虎菜和熏肉

再比如当时的电弧亮度

铆钉铆不住旷野上的大风

散成齑粉，天空敲响铁皮鼓

手钻、铁锯、方钢和平底锅灶参加

同一天的测评

在不在城中

都可以做第一手生活资料

新年就要到了，第一缕阳光

从红星水库东侧照过来

长度可比，一寸一寸量好

放在假设的语录中备用

没事的时候也让它们亮一下底牌

而群租屋的牌

至今也没能分出输赢
酸菜缸自己跟自己玩起了水里冒泡
倒尿桶的人像一只尿桶
蹶在马葫芦旁边，马葫芦则像另一些人
平时埋伏在自己的身体里按兵不动
偶尔蹿一下高
马上缩回潮湿的洞里，然后盖上盖子

羊角山

有关羊角山的话音刚落，但它并非在燕国

或雍州某个隆起的高处

羊角葱地里的两个假人对唱

"天乌乌落雨了……

阿公欲煮咸，阿嬷欲煮淡。"

与左伯桃和羊角哀的故事相差甚远

被一刀削掉帽子

虽已近晚，亮灯的地方

也不是贤士要落脚的书房

没有一囊锦书

可以托付终身

径奔的两个人一团火热，春雨微凉

本该入心要发芽，窃喜

窃不走漫窗摇落的野杏树

只一阵狂风便吹没了

我们心中那个舍命的花仙子

事发也不在东窗

羊圈关门，小羊玩骗狼的谎言被戳穿

是完全出于对她

和那个男子之间的一种无知

另外一些不懂事的小童蹦蹦跳跳

从秘密通道进入长溪两岸的浮沙

众人议论纷纷

从此再也无人上去。多有积石分出

一片活水绕过，羊角上的两侧山峰相抵

辛酸的往事中，山大恸

野杏树笑声不断

二三里之外，也可以听见

秋后算账

等的就是秋后算账。一天，马厩被捆掉房盖
青玉米切成薄片，再拌入干草
大地光着身子自己跑圈
一部分人在水坑里伐石，石头上面结冰
下面却冻在泥里。另一部分人
没入数字的静止，围在一起烤火
随便都可以编出一大堆故事
主人与下人被佣妇捉弄，用石头煮汤
水是主人的，锅是主人的
汤料或盐是主人的
喝汤的声音是主人的
虽然弃用多年不曾使用
他们只带来一口活气
痛心疾首，此恨绵绵
乘虚混入的月光又细又白，跑去告密
小魏子脱口而出：
"民不畏死，奈何以死惧之？"
大夏和二印子大惊，收入穗轴点燃
那可是现存的生产资料
生活需要四平八稳，人却东跑西窜
未见，主人的骂声先到
一阵哄堂大笑，似乎这笑声

也是主人的，
马粪蛋发烧冒出热气
小车急忙上前陪话。穗轴就是玉米瓤子
可替代木屑，粉碎后装袋
消毒、接菌，培育黑木耳或平菇、香菇
小车一个人独自修理，马具更新
坚硬的皮件和铜环连结，四匹马乱咬
同时跳槽，不想返回的日期临近

晒干菜

晒罢干菜，又有队伍进驻镇里。送水
竹筒里装满泡泡
有吴侬软语溢出，两个下士面对面立定
操一口苏北腔，叽里呱啦
女人们笑得前仰后合，谁也听不懂
小孩子模仿，一院的鸟鸣清脆婉转
架子上的瓜片渐渐风干，失去光泽
我同母亲从上往下摘干菜
每个人手指尖上都贴着一圈白胶布
这时，门被推开，父亲领着伯父肩扛麻袋进来
里面装的也是晒好的菜丝和果干
伯父是一个大胡子，身材极其挺拔
眼睛深邃，如神父的相貌
曾在远东船上当大副
语音中似乎总有水流回荡，如船声入海
听着他对父亲说起当年在黑海遇险时的经历
无异于在魂灵的畏途中找回自己
仿佛从不同的生命教义中刚刚归来
表情一样崇高而坚定
伯父不时问起父亲劳作的状况和一些日常事物
转身从口袋里取出两块大小均等的黑列巴

和一盒果酱交给母亲，然后摸摸我的脸
头也没回跨了出去
院里院外到处响着吊瓜或葫芦金黄的响声
风一吹，相互击打，噼噼啪啪
像小孩子从雨水中匆匆跑过，让人惊喜
晒干菜自然是为了上交
为将要到来的冬天早做准备
就像神子在天上晾晒白云那么简单

恶 水

过去的不会一笔购销。唱念做打和真的一样

梦见京剧中的另外一种社会形式

巧设名目，在同一块磨刀石上

第一个亮相的是大郎，但不姓武，他姓文

年四十。精通五行之术和内经

顶一颗宝珠，跑来跑去

为事苛求，不苟言笑

譬如："天地不仁，以万物为刍狗。"

心有余毒者在阳光下暴晒，是他的堂叔

昨天还在推销自产的牛皮制品

今早亡，如百足之虫死而不僵

五个指印发青，内伤有别

入葬时，长女哭魂

两只眼睛翻白，头顶的油灯落入水底

未灭，有天目山异人作法

照亮前途主凶犯重表，逢吉日

几个假人按时序出发

交头接耳，手执柳条问话，一路追逐嬉笑

说去宁城外破关有碍她两个以上的承接空间

死门禁忌，活门未见，耽于迷乱

第二个亮相的也姓文，故主次女

一双鱼皮快靴轻转，美眉倒竖
天大雨，恶水汹涌而至
月亮在枯枝上大叫三声吐血而亡
蚊虫学作，嗡嗡声从水塘上方放开调门
次女道："呀呀，好狠的主！
你杀爹爹一人，我必杀你全家……"
天亮时不见人形，小童睡入无边的白昼

暮 日

只凭云隙上的那一束微光，对你们我却一无所知

十个人的背后，一样的形影不离

雨水纷飞，如同我被穿在某一件黑衣里

冒险活在别人的身上

落日跌入深渊，在虚念中淹灭

蛋黄一般瞬间变形，幼稚的想法

小到含在婴儿口中的一节手指

和前面三个人产生物体弯曲时的错觉

相对的事物中，仿佛领受圣洗

或聆听告解

黑暗终将使你们眼中的一切与大地融为一体

亏蔽的景象比任何时候都更加可怕

生命的旗帜未知

被一个死去的小孩高高举过头顶

开门见山

开门见山，却不见一人，它可以是矩形

也可以是多边形或倒三角形

头重脚轻，是说同样的月光洗白今夜

早在许多年以前

遍地的石头开口说话

句句涌上心头

物理现象，化学变化，连表面的温度也没有

像那些始作俑者，披着昔日的羊皮

什么才是这些人的真相

我们努力地活着并怀疑

没办法去遗世独立

还有多少用伤害彼此交流

开门见山就是山触手可得

与泛神的理想相比

就像这山中的池塘，阴影堆积的立春日

根本算不上什么

被采集的高度从未停止，开始了新一轮的灵魂建设

说什么铜墙铁壁都要面对

孩子们离开，犹如惊鸟

说什么青春洪流在泛滥中灰飞烟灭

脸朝春泥的人早已骨肉分离

伴同虚构的山势折回，在生活的低处向上审视

有人自大盲目

眼前却是一片沉沦

也有人说，转身就是天涯

开门见山不是山，春风吹跑了容颜

繁星的瓶子自由弯曲

歪着身子坐在一起做实验

那一个晚上凝满水珠

或许这一切根本就不存在

一滴一滴数着，就算没有了灯火的浇灌

塞　上

仿佛大雪飘落的星光
孤城隐约可见
去舍外牵马，朋友纷纷逃离人世
春寒尚早，歧路没有春风
凉州的柳枝坚硬无比
词令中虚构的天气再差
也比不过这一年糟糕的心情
压缩在时间里的只是个地理概念
泛指北方五省区，边疆辽阔
何须蹈虚守静？今晚
我在阅读治乱的思想，汉简请出
如同被翻拍的五十弦

攻略已定，点兵的人
大都困在肉体的孤馆里
生老病死，斜阳旷远不予草芥
悲观主义固然可叹，不一样的情怀
月光照在它的影子上
黑河，你绕开祁连山也就算了
为什么偏偏向北折返
死在了那个叫弱水流沙的海子里

不同寻常的人命形态

一匹白马刚刚成形，眼里藏着积雪

并长出不少杂色

暮气中的命运，前景渺茫

一天天我只是在等

挑开大地的春灯也不只是一盏

像噩梦中被叫醒的那些人

驴之声

同样是，去年在华南，今年在山上，
恰逢雨水，一样的空虚，无所事事
闲日读柳永
八声甘州中的潇潇暮雨
也想试写一首类似的诗
直到现在，别说八声
一声也没有，精神层面上
哇的一声，张掖的葡萄
在水滴中破灭
就像以后的日子，再没有任何希望
莫名其妙归来，天未亮就能听到驴之声
嘶哑、干涩，如同当年听醉鬼唱歌
上气不接下气
鼻孔中喷出许多灰尘
灰犀牛一般的情感事件
危害之大，发生吧
极不稳定的干嚎或生活
想起最多的也正是那头布里丹之驴
与这个春天的早晨一样
站在两堆干草之间不能选择
最终饿死。目前处境的一句谎言
山鹬飞过瓦顶上的残雪

梨　花

已不是去年的那张脸，在这里过夜
山顶上的积雪刚开始融化
冰凉的风中，总感觉有一些死去多年的人从地底下冒上来
没完没了地喝水，光着脚丫运动
然后爬上树冠，噘着嘴，对着月亮喊
故意使坏，往山下的灯光里扔石头
还像去年春天坐在云端
可是，谁又能挡住今夜里的落花流水
第二天早上，推开门，我们竟无法从原路返回
小小的坟冢前，白茫茫一片

吃瘪

不明不白，一连数年都是这样过来的
日日吃，日日吃瘪，瘪是什么？
从没想过饱满，吃瘪不像吃鳖那么容易
也要被迫屈服
不如带来实际利益的哑巴牲口
这说的是人话吗？
只有发出嚎叫，大部分时间过去
黑框中，大雪可以下白了大地
或者站在大地中央，那样一身黑衣服
再大，但它不能下白一些人的心情
哪怕是个社会人，有形的表面
当然更下不白直觉中的非洲
生下来就是一截黑木炭
一段被剪辑过的南北口音
反差之大，黑白分明，但是非不可混淆
每一句话里的真实用意
不与发声轻重论短长
不仅是对立或统一的社会关系
可我现在关心的却不是这些
两者之间，也不是说
"白天不懂夜的黑"

如同外出觅食的兔子夺目而来

大雪初晴

万物落入俗套

水流细长的木槽

吸引了一头黑猪和三只乌鸦前去喝水

混在人群当中，我和它们一样漆黑

一言不发，也有人不为所动

敲响水桶唱道："弹棉花呀弹棉花

半斤棉子八两八，旧棉花弹成新棉花

有个女儿要出嫁。"唱着唱着

嫁出去的只是一句咸宁方言

无边的笑声停住

大雪指定的对象，叫出心肝宝贝的

等又一年春风过去

一群大型牲口，面对北方近距离的接触

新棉花也没能抵住黑夜里的北风

月光亮出它的蹄子猛踹

须鳅物语

这类小鱼有人叫它花里棒子，有人叫它泥勒勾子
把它与扁担勾子（花鳅）等量齐观
其实不然，扁担勾子扁平，顾名思义，带勾
黑泥鳅多隐身死水
或钻入池塘深处的软泥
而它却生活在清澈见底的石缝里
虽然同属于鲤形目鳅科须鳅属
但它体型圆润
中文学名叫须鳅，因外表美观机灵
所以人们常常提及
这个春天的早晨，按照二娘指定的方向
一个马面人先于我们涉入浅沙
并不小于那个扛着两股大铁叉的鬼卒
脸好像比朱元璋的略窄一些
眼珠深灰，看我们也是一样，黯淡无光
几个粗细不等的树皮筒侧放在砺砂上面
用石头围好，专等须鳅进入
喇叭状的心思竟然如此嘹亮
水皮上，立刻露出一排龅牙
花鳅缀满光斑的身子倒立
水波闪耀，晃得整个下午睁不开眼睛

马面体貌高大，姓名不详，只听说
他屋里那个女的名叫幺鸡
与麻将中的那只是否具有同等意义
已经没有必要查证。马面胖手胼足
念念有词
仿佛还在诅咒还原中的一切事物的真相
好日子的流逝能再慢一点，等一等花鳅
不可能几天就能长肥
上滩的也不止它一种
像鳊鲏、沙姑鲁、拉氏鳗、蛇鮈
稍大一点的山鳕最为著名——
酱焖，干煎，清蒸，再配上水豆腐
小米干饭，算上一绝
其中，扁担勾子最没吃头
一根刺坚硬，味苦难以下咽——
都想见识一回马面的捉鱼方术
心相贪婪，口喷白气，恨不能
把一段冰冷的水体全部吞入阔大的肚皮
一个白天落空了
须鳅却没能捞到一条，溪水那边
突然传来"吱吱"的尖叫，方寸大乱

失 题

只怕一生就剩下一个幻想

企图发现那个亮点

直到现在恐怕还是没有看见，费尽思量

事事厌倦也是一门功课

东风没有预言

再好的愿望也很难实现

其实这并不在于事物本身

而是缺少一个崭新的定义

信号错误发出，凭空接收，异想天开

就像养在童年梦中的鱼儿

自己飞落到树上

惊讶之间，你会发现

在鱼、树或水之外

居然长出翅膀，然后吐出几个水泡

如同春夜里点亮的神灯

猫小姐觊觎，从未消失，也不熄灭

东风告吹，或者

有意踏醒大地上的第一个人

下一个春天再也不会回来

盲目活在为人教化的单一世界里

也会说上一句，人性展现同样复杂

奴性出自一种本能

因物而迁，本善？本恶？

有一段时间，我尤为偏执于比较

动物性和人性

像金毛猎犬和中华田园土狗

前些年我也养过一只，但很少过问

突然跑了

狗应该谁养跟谁呀

难道这只的本性属于走狗？

因为驯化学还没有教会它们

如何去承担或背叛

但意大利的扭波利顿恶犬例外

与某些人很像

原有的基因变异或不同于其他

严肃阴冷，善于清尸

吃完皮肉再啃骨头

当然也包括它的女主人

它也懂得肥水不流外人田这个道理

可怕呀，当我写下

这些污鄙简陋文字的同时

最明亮的那只正趴在壁砖上近乎绝望

摇动起黄昏金红的尾巴

花鼠的故事

元正早晨拍下一只花鼠横穿公路

这家伙是灰松鼠的近亲

早年在山上，玉米下地或向日葵成熟

一夜之间

往往只剩下一片空壳里的月光

于是我们就断然认定

又是这厮搞鬼，鬼一样的事实存在

常常让我们平添了许多烦恼

但也不能一概而论。像蜡嘴鸟

瞎目杵子和灰喜鹊

皆被列为重点怀疑对象

下村的张大彬和霍霞就深受其害

死得莫明其妙

他俩原本是这一带有名的大厨

烧得一手好菜

谁家娶妻生子，儿女考学，父母寿诞

都要请他们过来操持

一天，平山三道关老王的儿子举办婚宴

归来几近傍晚

借用电影《青松岭》的一句画外音：

"北方深秋，凉风习习"

习习，暮色里不时吹落几颗星星

农用车拉着锅碗瓢盆等一应炊具

霍霞和其他两个帮厨坐在上面

一只花鼠从树洞里突然射出

把人当作一只巨型苞米棒子

正中张大彬的面门

眼前一黑，车子惨叫着翻入沟底

张大彬死了，霍霞死了

他们拿手的樱桃肉和扣肉死了

霍霞的妇女主任地位也死了

死的还有近几年我们吃过的味道

张大彬的妻儿和霍霞丈夫白白忙活了一场

花鼠当然不会死，今天在九三

明天就可以跑到阿城

大摇大摆，带领一窝小崽跟定我们

窜到哈尔滨北京南京，也不一定

也绝不仅仅是因为它们长得花里胡哨

尾巴蓬松，瞪着一双大眼

机灵得很呢！鬼鬼祟祟

像某些人，活着已经十分可疑

山中一日

谁还不是这山望着那山高。去往那里
要经过许多农村
但并不广大，也不漆黑
昨晚下了一场大雨
在小岭镇，泥头车横行
和玉泉那边差不多
行人稀少，空房子居多
灰尘没入屋顶
三棱山如瘦死的骆驼
坐落在铁路一侧
怎么也要比马大一些，略带斑点
还有一些愤怒呢
有人乘坐火车
然后再改作徒步
没有人告诉
一定要像小学生做作文
交待好时间地点
是呗。一只小狗
仿佛从白云上掉下来的
一页一页，纸质的记忆
也没有人按顺序出场

片面强调，山中一日

时间一下就慢了下来

跟在它的主人身后摇尾乞怜

但并非杜甫比喻的那只灰色

车轴草花开得笨重

像车轴转动

发出吱扭吱扭的响声

以紫色为主，就像顶针格

——山中好像有一个洞

洞中好像住过一个人

人心肯定都是肉长的

稻草人机器人坏人的不算

是死是活，成不成神仙

三棱山没说，摆了摆手

显然已过愤青之年纪

好像也无关紧要

上去的人个个心照不宣

说话间，一群大鹅掠过大地中央

在我们的前面

山顶的树木闪着积雪的银光

草泥马

草泥马天生胆小，每当遭遇凶险，只会尥蹶子

口喷绿水，与驼羊、原驼、驼马各有不同

标在图谱上的四大表亲

原来属于同一个种目

看似面目一样，草泥马却小得可怜

小蹄子奔跑

终于跨过了我们的无知、愚昧，西风带来荒凉

似乎与相信过的那些小矮人无关

48厘米的身高

凶猛好斗，八字胡须上挑

死后满脸怒气未消，十分魔幻

虽说只是希巴洛斯族的一个隐秘

但他们也有可能

印加帝国祭出了第一张羊驼的图首

轻而易举就测完了子午线上的弯度

环绕南太平洋，月影偏移

长满棘刺的太阳丛生，天空剧烈咳嗽

大地冒烟

与褶皱以上的积雪一起垂直下落

被艾马拉人或克丘亚人集体驯良

它们完全可以无视人类，干旱、高寒或陡峭

中文名字毫无根据的一次性恶搞

一如年轻有为的安第斯山脉

绵延不断，从未停止向天堂靠近

1985年我就写过羊驼，只知道那时

它不叫草泥马，但现在

此草泥马并非彼草泥马

童年久远游戏规则中的一句脏话

一生的谐音不变

惊慌失措，小国寡民的黑科技

一个关于缩头术拳头大小的脑壳

依然还在

不知去向的是它们原来漏掉过的大部分时光

就像我们骑在身下的那个时代

草和泥则更接近它们的神爱和真理

又一年春雨春风过后

麻楝和臭椿落满灰尘

仿佛人性的污点被吹洗得一干二净

不管它的大眼睛隐瞒了多少怨恨与神伤

草泥马还是草泥马

科迪勒拉山系的一个悖论

岁末杂感

2017年岁末，天虽不像1903年那么黑
但阅读的心情是一样的
说出一句好话容易
思想只为一根火柴擦亮
"遘兹淹留"，谁去真正关怀命运的悲欢
——几曾涕泪伤时局？
正像秋瑾倚壁题诗
现在虽然不同，世事一样狡黠
只想知道2018年的鸣鸟飞回来没有
乱哄哄的世界，悲观又失望
人性分裂从未觉醒，唯利是图者十之八九
词语的颜面尽失
诗自己头顶起打破的钟声在大地上慢跑
瑟瑟发抖，不时回响两下
那么，多出的万般男人
要唱一生一世单身汉之歌此为何求？
看似荒诞，男女比例也无法调和
有心祝他们好运，自己则更加危险
只不过都是人，或早或迟，他们却问
为什么不一生下来就死呢？
幻灭犹如春烟，意气风发，时间连连跳针

自以为中计，甘放嘴炮的反被嘴炮命中

阳光刺骨，真理与谬误难分

有用无用形同意淫

"然吾观于人，其能尽其性而不类于禽兽异物者，希矣。

将愤世嫉邪长往而不来者之所乎？"

韩愈之说虽好，反观，事实也是这样

一首诗的愤怒

集电光石火于一身

像一个人在忧患中死去

窗　口

每天这个时间，我都要对着对面的窗口坐上一会儿

屋子里空空荡荡

只剩一个脑瓜晃来晃去

躯干部分被谁省略了

不然还在路上行走

或远在大西洋钓鲨鱼

谁知道哇

以天黑做掩护

生活也仿佛走到了尽头

前面高速公路上一根细线穿过汽车的针孔

夜幕被灯光划破

某女郎终又露出细长的脖子

小脑瓜像无意打出的一个结

另一个说："鬼鬼祟祟，脑袋丢了？"

虽然五官分布姣好

但只能凭空猜想

又对某个有钱的男性挤眉弄眼

同样的脑瓜，想和想大同小异

猛然我想到了换头术

还是哈尔滨医科大学的任晓平厉害

先换白鼠，后换猴子，醒是醒过来了

只活了36小时，呲牙咧嘴，看着揪心

人呀，一旦久了，是否也要换一个？

否则思想越长越歪，恶行丛生

有时也会变成一团浆糊

抛开伦理道德不说

更需现实的考验

比如一个好人的身子

换上一个坏蛋的脑瓜，又该如何处理？

绝非排斥反应那么简单

这时窗口又多了一个大脑瓜，锃亮

像个宝葫芦，嬉皮笑脸

两只耳朵怎么看都显得多余

柳 说

一句废话，没说完的昼短夜长，北半球的冬日

暂时还看不到尽头

三九四九冰上走，请问，是过河拆桥吗？

还有冻死猪狗一说呢

看柳，一年中的坚冰

柳树上的花序绵毛

边疆土人称它毛毛狗子

蒺藜狗子带刺，草狗多芒

泥狗消灾，农历狗年

狗皮膏药一样到处乱贴

叫停或类比成语，声色狗马

狗续貂尾太长

拂起阵阵灰尘

再过两天就是腊月了

去年春天采入的水芹还腌在罐里

白茫茫的飞絮里有许多我熟悉的面孔

闲愁伤身，这个问题很值得思辨

否极泰来，四时转空

谁家的小女卷出一头雾水，短发散乱

与曹雪芹的绣绒残吐大相径庭

诗之称谓往往不能精求物类

故作杨柳垂流和轻飏

柔弱无助的样子，多少年过去了

伤感之态再通俗不过

柳说，无别离，无恨怨

无求诉，无主见

无心插柳的时间太久

你要时时保持克制呵

晴朗的一天

很多人浮动，并不等同内心，仿佛从水面弹奏出来
点点滴滴，以往的形象思维——
春风的艺妓再生媚眼，曲线婆娑
池塘摘下眼镜，现实版的蝴蝶夫人
仿佛刚刚飞走
柳树的枝条撩起轻烟
挥之不去，一直在等
这么多年都已过去
不见晴朗的一天，逐渐返回客观生活
不言而喻的结局
在南国，在北方，在星空的尽头
与四季同步，转身离去的人们
南洋杉环抱，日夜始于精微，站在窗下
眺望——"为艺术，为生涯。"
很难说出，靠什么打发，时好时坏的日子
反复咏叹，草地一片葱茏
而我被黑暗整日关闭，词意晦涩
虽然不能直接表达，但可以预见另一个极端
有人与那个年代的爱情对比
有别于花腔女高音，人世的黄昏风雨迟早都要到来
又将开始了，归去却回不到内心
为何感到如此的羞愧，无以承当
就像去年各自坐在公园的长椅上
一直到天亮，木棉花惊叫着掠过

梨花灯

只剩下风中流动的影子

寂静的心，是另外一颗被吹动的翻版

一个男孩躺在斜坡上

山顶上，大片大片的白色

又要逼近一个人的伤口

流过血之后

会带来阳光的花束

和一些笑容

整整半个月，我仰望着它们

冰凉的指尖上

一瓣一瓣点亮

又一点一点熄灭

醒来的时候

我想，总有一天

肯定有人要把它们收走

没日没夜的流水

我终于看见自己小小的尸体

在屋外，在梨花落尽的第二天早上

夜里滑落的星光

像狐狸刚刚踩出的脚印

从林间空地

一直撒向去年搬来的帐篷外

被洗过的前额和嘴唇

平静得像另一个孩子

把山顶飘下来的花瓣

交给我的前生。流水上

一张干净的床，我弯下身

捡起随手扔在昨天夜里的一盏梨花灯

山顶的孩子

看不清他的脸，他想在这山顶一直坐下去
也不想知道自己能从这里带走什么
他要找到这声音的落点
鸟叫声，流水声，石头滚下山崖的声音
野蜂嗡鸣，树枝在空中折断
他要尽量想像出花朵的心跳，盛满雷霆的杯子
捂住眼睛侧耳倾听。山口上
风把天空吹落到湖里，这迷人的声响
孩子把它放在胸口，动作轻缓小心
他不想告诉任何人
这是一个秘密，他要守住这个秘密，直到长大
像钉在木板里的钉子
一点点生锈，然后烂掉

第二辑

昨夜月光

大雪中的崔颢

明眼的一看便知，忧怨的女儿在长安的大雪中

斗草为乐，被狎侮的场面不大

谁说诗人有文无行，浮艳归浮艳

仅限于"素胸未消残雪"的一件轻罗

却又绝口不赞

那个少年郎真的就那么薄情寡义？

绝不满足

诗章中的现状与宏伟

像一颗紫葡萄那样含在嘴里

不成体系的审美差异

再小的精神也无处告白

就连太仆寺丞这样一个管行政的小官

也可以造次

调配车马不如调动一年的大雪外放

距案头十尺远的薄名，风流得很哪

指的又不是你的职业，令人爱煞的日子

始乱终弃，匆匆过去的只是眼界

我说，关注"能将代马猎秋田"的边塞游

把妇女们的私生活暂时放下

辽阳那边正春水滋生，繁星点点

玉猪龙

看了一上午狮子吃野猪，狮子被野猪反制
肚皮被划成两半，临死还咬着几根猪毛不放
昨晚那个被应验的念头仍停留在舌尖上
不是弱肉强食吗？咸鱼也能翻身
谁也不要高兴得太早
正如我一直想着那个骑猪的女人
然后从家里出来
仿佛敲开群居上方的每一扇门
居所四面并没有窗户
——新石器的某一天，安静的午后
我和她们一直坐着，额头微微发烫
鱼是早晨叉回来的，昨夜的流星密集
大脚怪走来走去
许多事物都需要重新辨认或命名
时间静止，像回到大地的子宫一样
回到母系氏族平等分配的生活原形

尽管洗不干净人世或麻木
再黑暗的皮壳也一定有它最明亮的内部
物面上的距离感产生幽深
母石发育，满脸打磨的痕迹

生命存在过的本性横穿肉身，像横穿马路

月光清晰卷起，虽然还叫不出她的名字

人类对照，在社会初级阶段互致问候

许多女人伫立，反正自己也才刚刚出土

上古的春天就要来了

春风所向披靡，向所有的事物倾斜

虽然太过辽远，但每一颗石头水沁芳心

吹动了我年轻时的骨头与暗伤

积雪上，有人为太阳脱蜡

每一个形容词中的女子破损

说不出是抽象还是具象

是猪是龙，四不像

另有刻下来的粗阴线

毛发飘扬，吻部激昂

被脱胎的天象，她们类举出许多关于神的多样性

街道上熙熙攘攘，猪在红山上奔跑

火磨胡同

所谓火磨，诸如火轮，一定要用电或内燃机器带动
磨出的麦麸粉，通常一罗到底
不能精加工，从河南归来的人说：
"归根结底一句话，今天已不同于昨天
一眼就能看出你是个怀旧的菜鸟。"
说话时故意压低语气
尽管谁也没见过胡同一侧的实时画面
穿戴臃肿，但比不上排队
或肩扛面袋的张王李赵
任人一指
2018年以前的初春串成一串
妻子和我分头去二道街
向东继续询问
想知道火磨胡同的确切位置
团结胡同高明胡同和八路胡同
理论上，连带纽带或裙带令人担忧
最终走不出死胡同的，何止一人？
春风里
陪着父亲去看病
草药晾在竹席上，很远就能闻到
木贼和青蒿味苦，色彩强烈

听说呼兰的黑瞎子胡同

当时十分凶险

某某真的就从山里抓回一个黑瞎子试养

四处翻滚，伸长舌头

舔没了人与人对比的半个面目

向北走，东关迂回

处在空肠和盲肠的一小段

也许因为没有依据

卖鱼人变相告诉我

犹如解冻的泥鳅软而细长

大头鱼像大头鞋一样，张着嘴

两腮塌陷，让人一阵阵恶心

发白的皮大衣粘满污点

他们天赋异禀

个个都像我心目中的因纽特人

又想起县医院门前同样的一幕

半尺深的泥泞，两个日本人

终于拔出双脚

都说，可惜了

他们脚上锃亮的三接头皮鞋

从火磨胡同出来

头顶响着巨大的嗡鸣声

现在才明白，就像男人女人

胡同与胡同之间存在着另一种关系

看大秧歌

傍晚已过，虽不可以通宵达旦

站在窗口里，李文生问："到底吃啥呀？"

我说："大马哈鱼头炖小鸡。"

啊的一声，他母亲从睡床一下弹到地上

"没听说过呢，多腥呵！"

红着脸，我嗫嚅着：

"看大秧歌饿昏了头

不然海带炒狗肉。"

"吃个啥！腥对腥……"

说着一把把我俩推了出去

好歹也算吃了一回闭门羹

大秧歌不是插秧歌那样，有酒有肉

灯亮处独不见一人

也该喧闹起来了

藏在指缝里，害怕一双灯泡般的大眼睛

大秧歌，正跳在点子上

一切都在腰胯之间表达

挽住形体的花朵

颤步像弦上的颤音

但要小心

性别换作性感

好事者所图的却是另一个套路
歌毕乃舞，极具煽动性
动作夸张变形，也完全可以投入
面对着那个曾经匆匆走过窗前的年代
清人黄遵宪也说：
"眼前男女催人老，况是愁中与病中。"
看春风十里大红大绿的俗美
不如想想被春风唤醒
又被无情抛弃的那些对象

昨夜月光

诗写完了。在低于生活的第二天早晨
一只兔子隐入泥草
一些很厚的纸盘盘腿坐在它原来的木桌上
落满灰尘。那些谋财害命的月光
像是天空翘起的化工漆片
克服着脱落时的巨大落差
邻村的会计在加班查看账目，眼前发黑
像背对着一片荒原
一滴水在亮出底牌之前
看到了蚊子为我做出的病理化验单
棉花里藏着针
有人隔着许多国家说话

看见

把父亲找回来后，我半推半就跪在火炉旁
壶里灌满水，像远方的一个胖孩子慢慢靠近
嘴里含着金属薄片
风在细孔里来回跳动，青草淹没马车
光明路上，母亲和三姐
一起去折路边的松枝
抱回来整齐地码在灶前的柴架上
工厂闪亮，大门里浮起许多下夜班的脑袋
轰鸣声高举着插入屋顶的红旗
无声地摔落在土山下面
而后是上级派来的工作队，有人搜查账目
有人在前台大声喝斥，问题严重
如同雷电狠狠劈过的树洞，蝙蝠倾巢而出
毛茸茸的耳音，纸灰翻飞。母亲收起晾晒好的玉米
白猫舔去睡梦中的鼻血

底 片

扶在医院的走廊里，叫不出一种野菜的俗名
——"老母猪哼哼"
病和这个冬天一样黑
却见不得一个白字。收起假设的地摊
几把制式的刀斧摆在外面，刀斧手听令：
落日又要被推出午门
画在纸上的春风一连吹了数日
参照物按捺不住自己的性子，旗杆下
她们在收拾日常杂物，几只小鸡在无菌灯下啄米
一会儿平躺，四仰八叉的那人
医生脸对脸观看动静，表面直白
像刮过皮的湿树桩子，整齐地戳在底片前
父亲低着头收记还贷人含糊不清的数目
从一到十，纸票上的数字连体如长长的胡子
那人醒来说话带刺，"皇帝不急，太监急"
诗人庞壮国也劝："就是呢，写写，写写
不写多对不起这病。"
我说，好不容易得的，写写很好
可写病写不出天下人的命
索性，不学名医学庸医，手起刀落，只听咔哧一声
断了人间的最后一点念头
灯油泼了一地，天亮时
烧炭的撞上掏煤的，效果图果然不错

红布秋记

天气闷热，许多人躺在车厢里休息

身子粘在一块，像馊掉的饭粒

我独自坐在亭子里择菜，四哥四嫂在做帮厨

新会在岭上剪草，没发出一点声响

第二次走过这个村子——红布

挂在一棵枯树上的名字

黑体，带一点血腥和日伪时期的坏

东边的哈牡高铁正在施工，盾构机庞大

山影松动，黏稠的泥浆不断涌出

让我想起童年的把戏

和稀泥的另一番景象

在上游红林几个提编织袋的人

猫着腰往里装着死者的遗物

山风从公墓上吹过

灵魂附在树上，白日凝重

昨夜刚刚下过雨

有水从树冠上流下，落入深潭

岭上生白云，谁也无心去看

总觉得有人在天上清扫白灰

松鼠蹲在钙化的残枝上傻看

穿烂牛仔的女生藏在雾里，点亮爱情的灯火

太阳出来了，帽儿山使出障眼法

把帽子扣在秃子们的头上，皆大欢喜

艳秋把圆白菜撕碎，放在锅里翻炒

石头人赶着羔羊走出迷途

春天的鬼步舞

遇见和再见不见都一样，哪怕只是个假设
也会略显激动，与大多数的春天不同
至少可以说明一点
一辈子只由一根火柴点燃
挥舞着蓓蕾的鞭炮
噼里啪啦跑过大街
在假如的春天里写下：
"除此，没有什么特别永驻心间。"
就从这个春天开始吧
也没有什么可以阻止
你可以不去相信，去怀疑去谩骂或唱出赞美的诗篇
人类重陷盲目和焦虑
我的体内，此刻正春雨潇潇
大地斜着身子躺下
情绪化的暖湿气流急速上升
云朵亮出刀光，河水的白马不知去向
而我的春天直指一个人的动态与愤怒
春风的琴弓还在，百合的指骨尽折
仿佛两个孩子在跳鬼步舞，拖拽着双脚
在漆黑的教室里摩擦
带着花树的凉气和上帝的亮度

从天上返回，就像画在木板上的黑白键格
两个半音在生与死之间
什么是什么的悲伤？
什么又是什么的快乐？
问石头问青草问自己
像被相反事物
抵消了不同的生命意义和目的
不分年龄性别，去年春天以来的大部分时间
语言的翅膀奋力扑打
白色的烈焰轰鸣
每年都有人在春天里复活，然后死去
大地一片寂静，火堆旁
我一边剥着栗子，一边指认星星

黑枣记

三斤黑枣下肚，才想起了它的原产地
他俩说，也许在河南，也许在山西
你想想，折断的树枝上
不可能独自空落，也许还有一个牧猪人在此午睡
牧猪也会有烦恼
像落下的黑枣，一颗一颗
和缩小的梦境一样乌黑

常常想起它，不妨让它再拟出一个劳动的场面
毫无表情的一些人
走着走着就来到了铁路边
没等到一车沙石装完
李文生手抓兜子便倒了下去
"怎么回事呵？"曹忠辉大呼
李文生一言不发来回翻滚
接着发出一阵阵嚎叫
仿佛孙悟空钻进了肚皮
脸顿时肿成了一只气球，张着大嘴在等
孙悟空没见出来，铁扇公主也没了踪影
黏糊糊的一地阳光
后来才知道，糖分摄入过量

无非组织液浓度迅速提高
细胞脱水或丧失生物活性
严重时也可以丧命

小看它了，小，像沏灭的一盏灯把光收回
干燥的空气里，是一肚子尖锐的问题
此话当真？连同那个妖言惑众的秋天
吓出一身冷汗。牧猪人消失
人设的黑枣树落光了叶子
皱巴巴的几粒，仔细端详
有白色粉末渗出，李文生惊起
眼前的沙石山向我们挥了挥拳头

元日祭

在烈日下晒雪，姐妹们搀着母亲，影子升得老高
快快收起来呀，虽然那些眼泪并不值钱
当日上午，表弟发来他的表情包
两个人在空手道，一眼都望不到边的寂静
一条细绳从黑暗中甩出来，被捆住的石头
大海的孩子在中间踢来踢去
别人问我从北到南的距离，沿着京哈线
或京广线爬上爬下，像年轻时做工的面粉厂
我们站着就可以呼呼大睡，机器响着
报到的第一天，白日黑夜被掉过来反转
所有的事情都要哭着辞行
唯有我像一颗麦粒卡在那里，别想了
总要活下去，听话，木匠一多就盖歪房子
母亲说完，我把外罩铺在油布上
她一遍又一遍敲打，清扫起一小把白面
做成一张纸一样薄的春饼
现在想出来，这是不是元日里最好的礼物？
也没有像他们说的那样得意失意，摸着黑吃下

病中南国

住进医院的当天，朱蕉正发着低烧

两个合肥人说

同属于龙舌兰科直立灌木

你的病和它们一样，是呀

我还能够直立

但我更想见到的是

浅海那面蔷薇的表妹——藤蔷薇

对床的老太太满头银发

打着灯笼从宁城过来

在云中想好十间玻璃房子

逐一向我介绍起水粉、玫红、绛紫和月白

列出她们的美貌与娇羞，并指定油棕上的积雨

问我缘何而来，会不会因一件小事而恼人

我说我只是个粗人

曾对着合肥抱怨

一肚子异乡的火气，就怕熏黑了她们

观音树下，小妹妹送上荔枝、释迦果

及什锦之类的小点心

唇香之际，老太太唤出黄槿

大叶相思

罗芙与翅荚决明

顾不上车马劳顿

大王椰树苦苦哀求

她又讲起早年北边墟线上的喇嘛庙

分开上行的队伍，土僧们满面堆笑

把香灰分给大家用白酒冲服

我一再对老太太强调

真的没有见过他们，也不可能知道

黄河以东30年窖藏的御批

再说，木棉的气息尚早，那漫长的绿

怕是很难抵住，前海大道呼救的风声

不信请问那片镀金的号角树

天气错了

天气错了。先认识花榈树，再去看采槟榔
广玉兰说出东风的预言，从后海路那边沿岸穿行
蜡一样密封的南方来信，已经有阿城人占位
就像我从山河背过来的芥菜疙瘩
结出一层雪白的盐质。小程以鸭舌帽分散注意力
被压在高山榕下的剪刀缠住阳光的蓬松毛发
可他却秃成了一个灯泡　　照亮了妻子可观的前景
早年在矿里，她骑在张强身上反咬一口
青春疼痛，一条狗的比喻像合欢花半夜关门
在苦水里土生土长，不像爱情如水母般水汪汪地盛开
我目送他跟着谢萍钻出登良地铁站的出口
分明是两只粗皮菠萝蜜从天桥上滚下
一个被忽视的对象
在异乡偶遇，两三杯残茶炮制出鸟语一般的潮汕话

看吴宇骁练琴

南山天低，云脚压弯大海，红领巾在领唱
遍地橘果从黑色键上跳下来
像面包纸上的半音练习或手腕断奏
榕树爷爷的胡子白了
奶山羊哭红鼻子，你都不以为然
把一桶桶星星泼向楼下，开始吧，早春的发光体
按照回旋的样式挥臂弹击，双手交叉
蹦蹦跳跳分解，从学校到家的那一段距离
石头转动，花色翻新的锦衣少年
我无处逃避，满眼尖刺的龙舌兰和酒瓶椰子
矮人国的跳荡与颤栗
浩大的雁阵在操场上反向排开，浮在黑暗中
三个不同的年代速度，在每一种表情的记号里飞奔
甚至听到了海妖女狸藻的闪爆，有新人加冕

码头现象

日光偏南时开始收拾，我并没有看见大海

两只洋狗交换意见，船声伐人

夹在中间的当地蛮人说，铁树太过强硬，精神发黑

披头散发一脸奸相

乌贼弥漫，海星闪耀

阿婆跪在天上盼孩子们快快长大

腥气迷漫，黄纸堆里的迷信头目

叫我们走来走去，软体动物集体出工

在浅泥上按比例画出一幅地图，瓣思纲的丑

贻贝和文蛤藏奸，象拔蚌步入青春期

椰棕横扫庭院，喷子们的沙器塌了

有朋友问，你去找到了什么？

我说只碰见一位蓝衣人

难过地低下了头。迎来送往的死水微澜

码头有本质上的区别，细沙已不再柔软

眼看到了鱼死网破的时限

从石头山飘下来花序

补救的客家女儿小如碧桃，海风阵阵愁煞人

百 花

选项偏紫，这些靠近心脏的草本器官相持
她们把困在黑夜深处的灯火
点在离春节还差两天多一点的野地上
不是为了一个人的高度，或者插满卫矛绿枝的窗外
不是靠词语修正花毛茛三岁时的心病
和早夭的白芍，也不是初恋
雪一样沁凉的肤色，被你迷倒的也不是沉沦
在每一条道德底线上，谁也不想说出真相
信风中的萼或弯曲
在忧愁和强颜欢笑之间，茑萝的猩红，景天的碧绿
夕雾散开，同为一个人求证
做一颗心的仆人，像我，为所有失去的日子
重写一次南庭芥的墓志铭

伶仃洋

这不是我们的错，黑一道白一道的斑马线般的悖论
而是角度出现偏差，粤东目极，潮起潮落
也没有见过从北方转战过来的满船活思想
直角上的荆棘倒挂，城池幻有，或沃土浩天
文天祥气节长存，但我还是要说
愚忠比奸佞更可怕，妻女反倒成了他的替罪羊
更不像有兄弟缩在火炉旁与冬日斗法
超出事件实质，在小说里摇晃了一圈之后
乡下女郎并没有完成虚构多年的身份转换
骨子里，她还在牧猪
都为一生，叹只叹一条珠江在临死时幡然悔悟
只为放弃
英雄气短，青山陡立，孽海余生
带在身上的生死气味犹如刺葵的恶绿
趁台风还没揣上崽子
赤湾和淇奥共同降低目测中的高度，伶仃洋依旧伶仃

致天台

谈不上谁家的天台，一片阔叶头顶烈焰

月亮也会含在情人的嘴里

又一架航班飞走了，难赴歧路

比占星术还准，向北方

为了一句婆罗门教或婆罗门

最高种姓的简单关系

声称大王的龟鳖目属

卷土而来的则是一地潮虫。不要忘了

被神翻烂的那些旧日

驴唇岂能对上马嘴

比你溺死在恒河里的

那个世俗妹妹如何？

像赤道附近的赤脚大仙

送上丹果，拿来权当圣物每日必服

三月过后，巨人的黄昏

最先笼罩你动态的属性

那么多的泥沙可以长出滴水观音

那么多的悲悯

青山独自

在白昼里长跪不起

那么多的旗子祭出

洗脑洗不净太脏的身世
我都不写，我只要一滴污血留在眼中

木瓜叶子一样卷走大海的皮毛
木薯粉一样消磨
权当一种时间的有形资产
竟有那么多的玩具熊热爱
罗汉松也变不回罗汉
非白即黑的两种颜色
只露出一只独眼，北院狗叫，南院听声
倒像一株火焰木上的炮制
如法。靠一个异象杀人

曼珠沙华之说

谁在喊我的名字？哭哭啼啼

哭干了现世中所有人的泪水

草本，多年生的渴望

转身就露出了热烈的荼红

提着大海赶过来的神啊

拈指一数，又是二八年华

即使跪死在红沙墓地上

谁还信铭记不如忘记的鬼话？忘掉谁？

宁肯永远不去超脱，花叶两相隔的谶语

也不是悲观，哪怕再动一次不祥之心

妖异的身姿

就是要美，爱又何必遮遮挡挡？活在眼下，一场大火

从天堂一路烧向地狱

拟童话

有谁看见身披海水的白天站在那里叼着烟斗？
我测试，目光短浅，灰与蓝的距离
每一个自带工具的语音
呵呵和飞飞，在靠近印度洋一侧的沙子里挖掘
挖空赤道上的所有意图
清晨或日落，孺子的心眼
相对于安达曼海，在柔软的椰茸里睡觉、吃饭
有时比矮黑人黑
有时白得能看见鲨鱼的骨头
两个人巧设公式，地球反转
等那边酋长的第十二个女儿出生
然后用胡克定律把打上死结的海岸线全部拉直
终于看到了人倒过来走路，用脚丫思考，海鸟搬家
天堂可望。也带上我吧
爪哇岛一样遥远的惆怅

错 过

在傍晚的栈桥下静坐，在细沙上作画
动机可畏。我们乘船过海，用未熟的草莓堵住入口
加糖。学娘娘腔骂人，冒雨错过崂山
从道士的肚脐眼里见到效仿杀人的蜈蚣
两只眼球如灯
大头朝下
像一列火车钻入山洞
比那草莓更红的是姐姐睡在病房里暮春的身子
让小孩躲进一只帆布口袋捎往上海
然后插入一根软管坐在银行门前等我，碎了
把半车西瓜砸向天空，太阳大叫
用一只烧杯喝酒，天地疏离，碎了
也不只是为了下一个开始
电鳗养在脑海里，试想，我还没有学会穿墙术

今日漫游

不会吧？她们要在纸牌搭起的小屋里面过夜
莫非与纸牌屋有关？今日漫游，顶层设计
靠近是为一草一树，一夜春雨令粤东方言瞠目结舌
说福田那边塌陷的早晨
三个月后方能填平，孩子们大呼，美人蕉拖在地上
礼服泡汤，在肥皂剧里冒出新婚的热气
后海河被落花搞乱，不一般的社会关系
拐入东头角就不见了新娘
像大海回头时丢掉的一根飘带，两边的局面很难收场
常春藤东拉西扯，鸭脚木和小叶榄仁难支
股票晃悠，仍感头重脚轻
上午的阳光被一再劫掠，欲盖弥彰
脏衣物留在近海，一些烟花崩盘后
细想想，也绝非偶然
异木棉裸奔，南风吹跑了最后一朵野心
再过几日，惊蛰就要到了。她们还说，在北方
乌鸦叫时，死神离这个春天最近

马友鱼

一些内地来的女子围了上来，像旱蚂蝗一样不耻下问

"哇，马友鱼！为什么不是马鲛鱼？"

我一边凿冰，一边回答："比你们还不如呢。"

问我，只知道一个叫马友友的人

善于演绎巴赫、圣桑和古诺的弦乐

大提琴低音转述天鹅之死

可我更喜欢鹅妈妈的故事和那些口衔槟榔的女妖精

马友鱼不想食草

拉着一车丰收的巨浪在人间的死胡同里奔跑

它心中的白银如同月光，小心被肢解

像小号吹奏的音乐进入尖锐的那部分

穿过拉威尔的森林或某一个致命的早晨

太平洋磨牙，并扬起了它蔚蓝的蹄子，呀

马友鱼就坐在你们梳妆的镜子里，有人敲打门窗

二月二记事

去龙城超市必经那个水池。明亮，它抬头望过的日子
捎去平山，绿油油的蛙声上树
要在往年，母亲早出来张罗了。而今，那心思死了
恐怕连一根猪毛也拔不下来
还不是屠夫老乔的宝贝儿子，一刀下去
二月二断成两截。刚露头的三个草原女儿
她们喝呀喝呀，春风终于出了一口长气。
巴音淖尔的茫茫
他的儿子说："怨妇啊！加以时日，小虫也能过江。"

惊蛰偶遇

从南油过来，仙湖的锦鲤已没了神仙的光顾
心急如律令，却又像一根一根烧红了的钉子
被钉死在过去
几只白鹤孤单，仙乐飘飘
与挖泥的孩子辞行，至今不知下落，天空放晴
日程排满，风声紧追龙华北站开出去的列车
除了人头还是人头
日影斑斑的牌楼，从安达酒厂来的老何有感而发：
"未见红土生雷地，犹听海潮数经年。"
苦抹茶和水馒头能吃出一种汉奸文化的味道
他说他最见不得蜜蜂或葵花
被盐碱地烧坏的却是师兄弟的脑袋，白花花的眼神
毫无顾忌地暴露在北方初春的旷野里
蜂箱一样的门面，乱哄哄的仍是老何现在的生活观

龙舌兰或酒

一些岁月去皮，装在橡木桶里发酵，有毒的刺
扎得很深。不知道我能告诉你什么
粗沙下的水分被出口处的阳光提走
南方无限期，用墨西哥的方式吃饭睡觉
杯子里的冰块随时燃烧，从台面有序的烈焰中采集
以及你最近调制的颜色
特基拉日出的橙红，被你降低浓度
在落满夏日的热灰里，数着枕木一条道走到天黑
直到铁路分岔
我和自己并排站在星星吐出的泡泡里
空酒瓶的概念，一株龙舌兰被连根拔掉

黄钟木

从雨滴的内部惊醒，黄钟木的声音
已连成一片
那么多的孩子，敲响天空或空气
坑坑包包
同样不是黄钟大吕，高妙
树高不过6米
同样也不是去年那些浇灌的人
在鸣金的午后
海浪的缆车载不完
满城炼金的背景和美学
带着有形的思念急驰而至
油菜花把闲心推广到天边
开不败的难道与某些人有染?
蛱蝶如同昨晚那个不说人话的女子
专看别人的脸色行事
吃甜玉米的转入地铁长出红缨
神秘，也听说一支秋风的部队
要驻扎到节后
几个埋桩的人

埋着埋着就不见了自己的身子
一堆空衣服越过海堤
走回漆黑的房间，影子懒散
唇上的余音在哭穷
包括新挂出来的黄钟花
一串一串被春风变卖

记忆：插秧田

有人举着木牌："瞧，开也白开，已是旧日黄花。"
一排假发坐在天虹一楼说三道四
文心四路的一幕，锦旗已被送到河东的社区
育秧盘倒挂，等一下就想起了女干部模样的春天
蛙声漫漫，几乎伴随了他们的一生
工作队驻村，被派到各家吃饭
她仔细捡起掉在桌子上的一颗饭粒
笑眯眯，送出一包包彩色的稻种
会心地看着我，转身消失在
用山泥叠出来的那片人浪里，再也没有回头

记忆：红石村

一定见过，鱼池里的黑鱼逆向翻涌，歧路就在眼前

塑料大棚像梦中的红石，砸出一个白色窟窿

电线上的弧光似乎要改变春天的性质

向下，敖广臣把脸贴在窗户上：唉，村长家的祖坟

又冒烟了，早已过了清明呀

请来的三个风水先生研究决定

鼻孔朝天一齐呐喊：发财，发财

如飞机拔高，嗡嗡声压住了张鳏夫与春风挑逗

酒馆里无人。一只白狗竖起耳朵

看乌鸦糊弄小孩隐入黑暗。敖家的小女快三年没有回来了

一进门："爹爹呀！"只叫了一句便跪在了地上

而她的二哥拉着一车化肥去订亲

女方只管验收，求了一个偶数支支吾吾

迷恋中的朝日，几乎就是个瞎子，从村东摸到村西

一块海水的玻璃

两个月了，依旧躲在往事的白烟里干咳，不能治愈
一声声听见勒杜鹃的叫喊
不论在阿城，还是山顶上的空屋
窗户早已堵死，所有的事物
四处流淌着哭哭啼啼的水桃花，更像写下的这个题目
被送入机器中搅拌
所构成必要的血肉、灵性或身世
南方北方相同的生存关系，劈头盖脸浇铸下来
风里雨里的春光，混乱的画面如同一块块砖头砌在纸上
而我的窗口，还在一公里以外的虚空
想到的是一块海水的玻璃，藏在眼里

一只皮球

画一只皮球踢过去年，再好气不过。躺在被子里
眼看着自己上错过的一个车次
呜呜拉着一车气体空跑
一穷二白，阳光脱轨，山河镇的景幕，山河一样奔来
花草的脑袋使劲摇了几下
像旋风扭转手上的镰刀
割去了老天爷花白的胡子
又如母亲坟上的纸钱
在我参加的一部烂片里重复
吃瓜的群众跟着吃瓜，踢来踢去
身穿浅灰棉布剧装的细节
被喝红鼻子的老刘他们就地处决
和现在一样，除了望着一个静物发呆
或收听楼下四处漏气的声音，无事可做
踢回来的表面已涂出暗影
卵石般发光的孤独，纹线上有海鸥飞过的笑声

总要写信问问

总要写信问问。问谁？你我她

或者，还是没有

家书也无望。像这芍药一病不起

自制良药

恨开无主的美女樱

一头露水接过马路两侧的话茬

正在途中的文字替朱槿说明

喊声中传来了台风的假消息

石头咬牙

一封信的主要内容

叫出路人乙过来帮腔

嘈嘈杂杂，茑萝或聚落迎春

互相撕扯忘记了标点符号

对着喇叭念罢活人念死人

没有地址

没名没姓没心没肝没准信的那些年

龙船花唱着龙船调

摇摇荡荡顺流而下

跑出城外不忍卒读

隐瞒真心的乱云，鼠尾草的蓝

从蓝目菊那里穿上

同一种型号的工作服
然后继续向远方打洞，喝干墨水
半枝莲还是没有学会恋爱
漫天风雨愁坏了那些形容词
一只花蚊蹑手蹑脚：
字字血，比如大海
比如辽阔的一张纸

与乔鹜说蚊子

淖的嗡嗡声由北向南，乔鹜面带愠色。我是说湖泊。

它肚子里的故乡值得思念，还是那里的蚊子好

又大又黑，个个身披铠甲

每次出动，至少一个中队，明着叫号

不同于这里，偷着下口，隐形的面目，大与小的同类

黑白短片里的一群哑巴

他的店面空前，钻满眼的天空漏掉

一排彩色的空瓶子，巴彦淖尔的双眼皮

在解牛的挂图里瞄准

"闷倒驴"刚好70度，却闷不倒两个蚊子一样的伙计

光着脚丫飞了出去，芒果树微微摇晃了一下

凤凰山记

叫凤凰的山也不止一座，记在心里嫌低
庙堂上的俑人瞪起眼睛说：
"和鸣，可谓凤凰于飞。"
星星的坟墓长满再也比不过乌云的乱草
吹来湿冷的海风，振衣
追着一只或几只白鹤划过深渊不知去向
土音中的动静跃出波光登陆
用吓人的大笑指出神往的线路
彼此录下夫唱妇随的口供
再造肉身。香火太盛
借来的方向感分不清你我或上行的个数
据说那一千多亩春茶也不在此地
而在潮州的那口大铁锅里烘焙、摇炙
一干人等汗流浃背
只等着午饭中的那几个甜蛋
杜松合抱的路径
我苦苦思念的亲人都已不在人世
幻听中，是谁摔碎那些从汉代传过来的心事
接通了神经元的孤男寡女喜上眉梢
在五常也有一个相同的山名
张茜荑曾带领一队人马登临主峰去抓外星人

可见一片烧焦的松树

卡在巨石下至今未果

从凤凰书院出来

用戏作的方式同假想的道士问答

大道小道此心何苦？

而这等表面文章终究难入先生的法眼

如同栖入竹林的锦鸡，放眼山下

城池正值虚无

缥缈之意不过是场噩梦，在群峰之上

一地鸡毛，去冬以来的乔木脱光了叶子

记忆：吊水湖

吊水湖不是湖，也不是拖入瓶颈站街的行为艺术
它和我当时想的一样
有的是一排喊空了口号的窗户
叫停的那人，身穿一身铁
爬在煤烟里为一段岁月抹黑。后遗症不断发作
白桦清高，把月亮的脏衬衣用力摁在水里
天气冷淡，灰鼠的大眼近乎碰瓷
说服前来我梦中解析的小妖精，骑在鹅背上玩飞行
"那，咱们今天谁也不要谈别的
黑白颠倒已成定局。"
刚要凑过去插嘴，他们忽然对我说出了家乡那句土话
——"多嘴多舌是驴！"
树林里的灯光像转向的电锯
一片死水分开，有人跷脚往上钉钉子
立竿见影。喂，你把天空挂反了。几个造湖的农民
叮叮当当，摸着石头准备下山

一只白猫的南京

——题永波微信照片

花谢花飞本意平常，一个死在半路上的病句
一只白猫的南京出自空想
写诗还不如写校对好的春风，在没节制的假黄帝面前
被册封过的好日子也走到了尽头
玄武巷失忆，淫雨下烂了鸡鸣寺的钟声
许多我从不知道的山名说绿就绿了
像台城的烟火年年自行消灭，总归于车水马龙或活人
被来回折磨的柳条依旧在她们的脸上轻拂
钟山明亮，隐在白云中的名士一改常态
钟情于闹市和叫骂，谁在废纸上醉卧？
哄他们入睡的却是一群贩卖活羊的走卒
观望，如同楼下卖玉米的农妇，咀嚼再需要一点时间
把南北的三农问题紧密联系
一些猫哭耗子的假慈悲
在药效还没失掉之前，我的心情低落
落日反被锁在一只猫眼里，一条长江从此无声

记忆：锦葵花开

锦葵花开，用眼睛画出一条直线，指出北方的比例
步行。尽管这只是个假设
地表上的毒烟也已散开
这幽灵巨大的海拔或分身
像拖拉机拽着一双手驶回
直接开进生产队撑死苍蝇的宴会
无边的青草连动天空
草地弯腰
借我八岁的直觉踢回一个匪夷所思的香蕉球
放下猪草，上交的人都走光了，而在十字街头
两个孩子患难，小喇叭吹响一分硬币
在铁罐中上下滚动。眼望着远方发黑，水渠干涸
一排小树尾随着我们倒向过去
超验的中午，有人测算出一个人的星象图
在死角里端坐，爹娘流过多少年轻时的热泪
认出败酱、鸭跖草、假升麻和峨参
回来时，公社那边的巨人还在打井
没有月亮，他们的那个月亮听说沤在
兰西县东门的亚麻地里
一穷二白，他们没有负担，像锦葵那样
被我们叫醒的某一朵
一张娃娃脸，大喜过望

宿　命

总有一种命藏在这一天的背后不肯出来见人

也不想告诉。细听，又是两个人的对话，一问一答

在身后跟着，蹑手蹑脚

街道上，昨夜的水泡正在破灭，草木庄严

泥头车装卸黄沙，与无名的事物聚散

青芒果徒手上树，指甲大小，吊在一块

看天空向大地倾斜

阳光倒在海上呈颗粒状

很远就能听到它下落的响声

甚至看见一只风暴眼，闪出耀斑

径直通过天边，排列出浮云的长椅

有人对号入座，挤没了假牙

在农贸市场，捉蟑螂的人露出秃牙床

顺手把吮空的肠衣扔在了去往北京的车厢

切血肠的人来自河南灌区

儿子在安阳学做玉猪龙

他有殷墟的面孔，肚子里的青铜气质

标好编钟的音高，故常受打击

水池里的细光腾出

在保鲜膜上跳来跳去

伴着猪儿的呼声

最先到达他握住刀子的右手

记忆：岭上

相反，扔下一句冷冰冰的空话，他们心眼全无
亮出一地人工的黑油漆，去年，也无车马喧
岭上的人也快跑光了。说是蹲在黑暗中的镇宅宝物
仿佛一只被羞辱的禽兽回味于无形
从水生的云彩里拿走他们想要的好东西
外在的，石灰窑喷火，一个鼻孔出气
在白桦或松枝翻卷的泪水中熄灭。漏斗蛛结网，事物反向
用一根草棍就能将它引诱
山谷里到处挂满了阳光的空瓶子
槲树高大，叶子暗藏。也不想明白，当初的别离
摆在母亲面前的是一些什么样的心情？
犹如我最后一次扶着她走过山冈
兜子里装满了干粮和咸菜
在他们制约下的活动范围，借用你的一张嘴去说
风吹来，蜥蜴甩响长尾，几只山羊懒洋洋地吃草
山上的铁人基本报废，指着跑掉底的皮靴
顽固的人情套路事先在舌头下装好炸药，也不像在南方
天空厚着脸皮虚高，被扯下来的绳索捆绑花朵
像大海发出阵阵我听不见的喧哗
再打一个死去多年的比喻

南油街

落叶纷纷，求解："南有乔木，不可休思。"
以被阵雨混合的方法，再加入阳光、蜂蜜精炼
液体的人淡化，洒水车的调起高了
火中取栗，破音几近哀求
从南油街匆匆走过的那段日子，像是去赶考
每一次都想有它的过人之处，并赋予新的定义
两只狗一左一右夹杂着一个疯子阔步向前
虚心观察，谷雨前的天气时好时坏，那人累了
陪马路自学，在肚皮上打叉判自己死刑
木棉开得也差不多了，屏住呼吸，读遍春天的血泪史
一声声让我想起了云在天上的怒气
分不清南腔北调，遑论人心
原本极其简单的事物，故作玄奥
像大海换汤不换药的伟大，发出的仍是一些危险的光芒
街民依计而行，银行门前的石头狮子
趴在显微镜里比照每一天的动机
仿佛热病毒流行
实体膨胀，木瓜的想象难以控制，仍是空的

第三辑

漂流记

雨夜孤灯

诗中，你用黑暗同我说话，用语气的豪猪

想起突厥人的长袍，一张过时的彩绘

嘈杂的周边环境，瓷砖上的可见光加入词汇的洪流

用一只15瓦的灯泡过渡，用雨夜的黑丝绸包裹

有时，灯也会睁着眼睛说瞎话，早年在山间

时常数着落下的冰块度日，一夜夜叫人心寒

那还是多年以后的一场大风，挂在竹竿上的纸灯

被高高抛起，星星冒出白烟，万物奔走

公路上传来说话声，春雷滚滚

搬运车把远拉近，载满纸灯的木箱上印有安卡拉的字样

问："尺寸大小，合适与否？"

于是有人回答："纸糊的光亮，有行骗的欲望。"

而我宁可做他们灯下睡着的那个人

雨宿街头，灵魂出窍，白茬，连同昨天早晨坠入深渊

旭日脱水，光芒逃离，婴儿的肤色

只是梦中的一圈粉红，被人识破

白 日

阵雨初停,芭蕉率先翻身,让出驱光的一面
青蛙扛起大旗,为第一批来自外界的孩子布道
绿色贬值,大海又回到它的眼泪中
传说中的瞎子有了光感,爬上灯塔
长满酒刺的池塘变红,难抑的激情烧成灰烬
吴宇骁开始讲解他的重力陷阱和凋零风暴,长长的触手
程序失控,以及勇士加里布的思念状态
他说,只要依靠照葫芦画瓢,无需加一点儿策略
一条绳上的女巫像吊瓜弯着脖子喝水
更像一截管子分头插入浅处,吸走了梦中的糖浆
蜜蜂与实效生物共享
身后站着一些饱满的人,有的抽烟
有的交头接耳。橡皮树拉长,舌头伸向天空等待弹回
好像走进一间长筒房子
沈姑娘向我们介绍
看不见表情的烈焰人
不欢喜,也不忧愁,时而望望通往白日的列车
窗户亮在我想起的出口,帝国沦陷

天 桥

在某某工地，听某某说过以后，他们的山西话
明摆着一片浑浊，在眼前晃动
吵得我一夜没睡。哗啦哗啦像数金子
"二爸呀，你可以再响亮一点呀。"
黏土宝典一层层查阅，一页黄河史在海洋上翻篇
老太太千里迢迢，她说"知不道"
意思就是管不了那么多，让娃直接与土花生说话
铁打的皂角树举过酸哄哄的暮色
被命追赶，在泡沫中潜逃。天热就停工
休息日新账旧账一块算，造一座天桥弯曲
偶像向黄昏喊话，爱过的穹顶，对吧？
从现在开始，趴在碗沿上，没影的驴也会横踢乱咬
在后海大道的三四个月以来
还有多少事将要发生？像一次重大事故
他们实话实说，拿晋南的天空作参照物
一切都不用证明，猫蛋狗蛋在泥上看甲虫不动声色
如同油田里的机器，没完没了地磕头
搅得人生越来越稠
老太太拍打拍打屁股一走了之
一跛一跛，一段黄河正在断流

鹬　鸟

盯着一只空罐子取笑，他们背对着死水也不难想出

长在北方的树木

也无非是一些桦树呀，柳树呀，松树什么的

并不像华南城里常年打开的落地窗口

一个个挂在漆黑雨夜的黑镜框里

捕蚌的船队刚走，鹬鸟随后就到

作坊上的白气

抹去了那条通向池塘的小路

牧鹅人前景堪忧，风化的石头一路翻滚

向内心坍塌，白云茂盛

海鸥啊啊的叫声，天就要亮了

那风吹弯了它们的长腿，向过去叉开

热烈的女孩子操作

远离了诛心症的折磨

我仍坐在阳台上一支接一支抽烟

又见一些复杂的鸟脸

在水皮上被枯枝划伤，一阵虚惊

仿佛在说，早晨的印象发黑，子午线消失

日影荒芜，带着它们一天的亮度

小火车跑丢了轨道

恶意的梦中人物，池塘下面就是地狱火

也该是水妖出没的时候，偶尔也有光
像深泥中突然冒出来的河马，两只眼睛血红
驮着旋梯上来。可我还是不明白
也叫不出什么名字
为万物分类。有人也学着鹬鸟的样子忧愁万分
头顶着银器灯火通明，表情中便长出了尖尖的喙
做水平飞行，并开心地大笑
都说是一种好鸟，它们却呆若木鸡

甘坑镇

表面不同于春天，夹竹桃也是
不愿意开的夹竹桃低头窃笑
她还告诉我们，沿着里石排往右拐弯
就到了水尾。我说，有水尾巴就该有水脑袋
也未遇见大石头排队进入
内心空虚恭候大驾
叮当叮当，甘坑不是天坑
也没什么意义不知深浅
麦芽糖的硬度比不上那妇女命硬
每人手里拿着一个铁块
敲亮一串望文生义的假地名
菜畦那边的空心菜猜不透音准
水做的车轮在天上疾驰，发出火车的轰鸣
龙生九子，蚰蜒渴望，无水
它的舌头搅浑童年清澈的阳光
竹简的雨前图
蒙上灰尘，我的叹息声
被它的小气候打断
两个男女一向把心放在锦绣身上
用木桶里的沙子沟通
频频点头，并没有擦出

比身体还可靠的思想火花

山间寂寞，街巷黑暗

采风的学生只画一张脸

面目全非。银灰色的桉树就是不肯低头

一场大雨过后

谁还能跟上它生长的节奏？

掉队的刺桐花举出火把，没有人

每一扇门都上着锁

屋子里传出说话声

墙上的小人忙着跳下来，推着石头空跑

坐火车

在梦中席地而坐，分不清前面还是后面，只听见隆隆作响
声音沉闷，一片白雾卷起车厢外的暮色
旧煤烟呛人。有人指出：本次列车视情节安排
夹竹桃偏冷，仿佛收起所有柔软的东西，不予理睬
而北方的旱柳却热情许多
谈到水，不知哪一天开始大旱，黄檗的叶子打绺
河水的灰笼罩，蝗虫挥舞大刀
白日无边砍出锯齿，关于当时的社会谣传
父亲说："饿死不负人。"回来的路上，我们一句话也没说
呆呆看着过去的景物燃烧
难过地在彼此的目光中挣扎、熄灭，不计生死
火车直来直去，心理弯曲下沉
因为我不懂，像对座的那人
一身黄军装被令爱哭得如此生动
为青春做主，挂在嘴皮上树碑立传
都不如从舅爷家背回来的那半袋玉米
直到醒来也无人报站
不必多问，一片阳光在大地上展开热烈的讨论
好像有队伍开进了秋天的打谷场

春日的打谷场

"你走开!"并不像乡下儿童的哭喊

假设连自己也不敢相信

神一般躲进谷粒里偷听大人物讲话

光秃秃的打谷场

女人们正在维系瓜秧

到处响起剪刀声

倒影在天空里荡漾

两个外县人发动汽车

轰鸣像那年的一串污点

被人钉死,贯彻下来的精神指标

从立夏就已经开始

鹅毛浮满池塘

中午看他们午睡

说能见到别住钢笔的上衣口袋里钻出来的小人儿喝光墨水

在梦中舞文弄墨,乌鸦嘴

直接传到了一些人的耳朵里

喇叭接通

白纸黑字挂满前台

一排黑影头戴高帽游街

我的心猛然抽动了两下

口号声连成一片

汽车缓缓开出村口,打谷场上空无一人

东 山

卡在喉咙上的星星因噎废食，一片东山泡脚练仰卧起坐

潮涨潮落，一天到晚念着不安

巨人症发作，寸草不生的山顶

找不到第二块云彩来遮，台风来时

深褐的苦恼自食其言

像它们有意制造出来的个人背景资料

一圈圈水印，比粤剧中的聚光灯还亮

华佗的大粒丸也难奏效，保济堂关门

一些人常跪在石头上作揖，逼迫你倒退着走路

百里之外必是大地的子宫

一个猪头无形放大，猪八戒使不出性子

一对斗鸡眼把人看歪，成了天怒人怨的摆设

熏黑的大半个白天正好装神弄鬼，头刻在椰壳上

被小儿当球玩耍，发出空声

而俗子们可不这么想，拔掉塞子

往里面灌输液体，狐疑

满社会的利益诉求，口水文化

或嚼了一上午的口香糖。阳光直射下来

公主欲说还羞，带来的好消息

向蜜蜂打个借条，海葵涌动，立此为据

梦见韩江

动物性十足的早晨，见不得韩江那边的白鹤

一双眼睛混浊溃烂

怕看污了它干净的羽毛和飞起的姿态

只要不是装聋作哑，认定蛇莓，妖冶始信

山菅兰有毒，紫蓝的果球叮叮咚咚

敲响潮州城下的木窗，开不开都没有关系

反正这是在梦里，也已经习惯，即使无家可归

像那时穷得露着屁股做人

与玉林在平山双河氽水做戏，苦日子淹不死笑声

至今身无长物，更谈不上什么傲骨

竹林里的清风幽幽，把酒酣睡，韩愈的韩江

被清人称颂："时常千树雨，日夜一江流。"

而我只能虚构，大鳄的嘴巴正对着暮春的门户

一只蝉被安排在相对的山上，野栀子自言自语

小 桃

北风骤起，扯下那边的图景试问，昏天黑地
到底是个什么鬼？有多大刮多大
虚张声势拿雪作说，一副假药被人误服，吃了也白吃
李煜口中的春色
原来的那只鸟，半路上就被拔光羽毛
小桃不急，撑着单薄的身子为太子陪读
连夜赶制夏天的衣衫
追你到边疆
不怕撞脸，不怕染上姐姐的忧愁和脂粉
大雪下白了桃林，下白了狗叫声，下白了池塘
惊起水底的鱼儿，弄破了它的黑裙子
长须像泥土里的麦芽，使大地倾斜
旁边的树枝，一群土蜂抱定杀人技假装睡觉
童年的纸屋子又亮起了灯光
一个假的我一遍遍打扫
走错了房间，刚十岁的模样
被母亲停在风筝上的马车接走。小桃无主
没开好，不妨再多开一次，毕竟还有时间

绕 路

一次次勒紧，然后再松开，也不仅仅是这样

攫出的土堆险些活埋，印象深刻

可他们的人出奇地一致，被串成一串，有时也打结

铁爪子锃亮，红土层忍不住喊疼

山那边的流苏荡来回声

下午，阳光转过正街

依旧羡慕那些不太正经的果蝇

驮着它们肥胖的身子飞过许多画面

比方说旧中国、旧书摊、旧礼帽

旧语言的青楼和婚姻制度

用果胶检验繁殖后代的能力

冷落的木兰花从一个词的侧面

终于回到了阔别已久的南唐。词人幸会

欢乐的小国，可怜那好景，诸如冯延巳的苦闷

风不起，一池春水也会堆出满脸皱纹。你再看

归来的那些人

溃退的日子像他们疲塌的体质

白衣颓荡，而杜英树深处的小妖精正在收集被爱的感觉

脸色绯红，一首花间词被吸干精血

剥青麦

现在也是，阳光涌上来，失魂落魄的样子淹没了世界
麦茬上的豆娘呼救，瘸着腿
它细长的身子飞过大地的心口，口器乌黑
嫌天还不够蓝？瓦蓝色岁月随你点亮，都是半个蜡头
俊俏的姑娘紧束花腰，转眼不见芳踪
不论多久，有多么不济
一间宽大的草棚拖入分下来的青麦
我和母亲挥着木棍轻轻剥打，也不十分饱满
哪怕有一天，倒下去的人动作轻微，忘了自己还活过
但都必须要面对，也无法避开那些活法
母亲把青麦直接放入锅中搓洗
不一会就浮上来一层空壳，再添进石磨……
时至今日，挑动青麦的海洋一望无际，拨响的算盘也已落空
"还做梦呢，又一年欠收。"画面外
说这话的人走了，好像一块年轻、英俊的石头

记忆：起垡子

一开始，都叫它淖瞎塘，瞎一定是没长眼睛

黑糊糊一个怪物。再往深处走，就是红眼哈塘

还好，红眼总比没眼强

初冬日，唱着歌出发，队伍开进了大洼甸子

我跟在一群屁股后面，只记半天工分。热气腾腾

一层一层往外挖，起出的垡子

用马车或拖拉机运走，然后堆在每户门前

再垒出一个池子，向里面倾倒草木灰

尿液和从街上淘回来的粪水

"庄稼一枝花，全靠肥当家。"妇女主任天天挂在嘴上

于是有人厌恶，闭着眼睛讲瞎话

说猪槽子用久了就会成精，半夜出来敲响铜盆

尿炕、尿炕喊个不停。说来也怪，炕是没尿

大人小孩一齐起夜。那时呀，家家不敢吃干的

喝粥喝清汤寡水，因此夜夜尿个不停……

有时也会挖出一窝泥鳅或一窝四脚龙，连着菱角根子

亮汪汪的，铁铲在塔头下发出咔哧咔哧的声响

总以为有一匹黑马在地下吃草，拖着黑暗咆哮

并且扬起前蹄飞向天空

湖北往事：紫云英

请原谅，一不小心打碎了两岁的花碗

那天从地里回来，有人在晾晒泥塑的棋盘

准备下雨前找到逃向湖北的云子。乌云围城

蜜蜂关闭阳光的大门

一条大龙瘫痪，小雅去医院上班

要经过五只灯标，汉江上的独居女子搓洗被弄脏的身子

一边哭，一边为死在鄂州的过去翻案

手术台上，移植过来的根茎长出了单薄的思想

叶头吐绿，地点选在沟畔，咳嗽声惊动疏茸毛的影子

二月一过，她的母亲便把伞坊开到了城外

桃金娘

来不及回顾，一些枝杈顷刻爬上天窗，阁楼
丢失屋顶
年代久远，云也变得干枯，落下山巅
砸中还没想好的深度。和另外两个人坐在一块
面面相觑。我说我是来求问的
求者何用？这儿只有桃金娘，满山开得袅袅娜娜
其中一个说，它性平，归脾肺，补血止泻
外治耳聋。告诉你吧，黑白只在毫厘之间
年长一点的又问：小灌木？我说对
哆尼仔？对。岗菍？对。豆稔？对。乌肚子？对
对亦是错，各地叫法不同，果可食，味甜
"你神仙呵？""非也，神马也不是浮云。"
不学鸟儿学思念，一样可以飞越海洋。散尽
仿佛被一群人追着，跑过露出阳光的地方，一窝菟丝子缠绕
抖开黄金的胡须，海水晃动

拍　照

放开情景分两次拍完同一段距离

一辆跑车停在前海路末端

加宽的轮胎仍在它的目光里飞行

被灯光纹过的身形放大

果然都是一些出类拔萃的人物

既然也有布衣，一阵阵锣鼓开场

操一百年前的京腔还礼

八哥爱屋及乌，学做乌鸦戏水

却甩着长长水袖应答：讨厌

长者是两个铜人，躲在他们的肩后听唱

小女子以学生的口气念白：好凉的风呵

"戏问芭蕉叶，何事心不开？"

我随即回道："芭蕉不展丁香结

同向春风各自愁。"

不不，现在早过立夏

莫非相公又想起了家母？

街口那边，桔红的实体坡路陡峭

仿佛大脚车四脚腾空

笑翻了芭蕉树的冲天大火

一束强光直射水面，蜻蜓未及发动

在镜子里确认还原后的一切真相，孤独的人止步

辛夷花

大致是被两个另类运走，到底是谁关闭了我的声音？
呼喊从水粉向深紫过渡，高过所谓的蓝天
用辨别口型的方式，虚构出被子门的排列顺序
但你不在南召，又一年过去，也不在北魏宫闱
替人收走云霞的尸体
不是我见过的那些形状，更不在蜀地，为存在耗尽了所有
命定的佛焰转过尘世，希望也有来生
从芽蕾间摘下南天的星斗
耳音中嘀嗒作响的钟摆遗失
旧国倾圮，有多少人仍在大火中自救、晃动、盲目奔跑
这个细节显然与你无关，把我的声音还给他们
白昼无声，还给词语本身，台风的齿轮碾碎暮色
和这脚下弯弯曲曲的海岸线
还给水，流经春日的每一个符号
一首诗，心意已决，甚至是一场发生在内部的战争
辛夷花摇曳的枪林弹雨。而我只能这样了，做做样子
面对着寥寂等过来世——石破天惊的那一幕

必修课

仿佛关进一个系统，另一个在玻璃长廊里回旋

细胳膊细腿，光着脚，看见许多人发芽

由阔叶变回针叶。事物的多重性令人吃惊

一首练习曲不足以表现出来，海洋的活体语言

活着需要，看重死后的好名声

孩子们的拜厄，从天空库房里开出来的彩虹糖列车

眩目。弧光。重影。随便挖出的文蛤

时间张开大嘴，细沙奔涌

用不了多久，像一个失去约束的小赋格

想不出，也没有任何内容，反过来模仿

被当成一个长度单位计算

乌鲁木齐——郑州——深圳，三个人同样说不出命运

拿三个地名分析，必修课微妙，提高速度

一层一层，剥洋葱的技法含着泪水

如同珍藏的一个地质年代，这个德国人

原意被我理解为会飞的海平面而不是海拔，制成标本

云 阵

1

隔壁有人背诵诗文，云阵悄悄压向城头

小虫子作妖，知道北方也在降水

对流的气团在低处打铁，炸开的花朵送出一串尾音

嗡鸣声交错——单词的雨，数字的雨

网络的雨，商务的雨，社会的雨，人心的雨

雷声压住的一角，大海弯曲，小叶紫檀的琴弓

快速向下猛推，云晕随时在倾泻的大雨时代熄灭

应验了雨过天晴这一项伟大工程

而黄河以北的广大地区

仍被副热带高压控制，旱象恍惚，人间蒸发

与这里相反，菩萨的心情已了，风沙结构的精神无根

山丹丹如火如荼，高积云分蘖下的水滴十分有限

突然看见一只大手扳倒天空上的白色栅栏

天使眼中的羊群越跑越快，芭蕉叶子一动不动

我却对大气环流一无所知，南粤上空的灰暗

透光云的剪子剪去云山上城堡的毛丝底边

逐渐明亮起来的事物，一片伪卷云匆匆飞过

2

铃声响起，孩子们跑过云阵，操场上的杂音
和被铲除的石头、青草一齐消失
有人翻出图片逐一比对，真的没有看出
它们藏在衣袋中的引线和炸药
一年一年过去，似乎还说，再赐你一个福音
已不在人间
微小的变化也会分辨出最后的方向
有多少人还活在天上。雨象再生，黄昏朦胧
如瓶子树溢出的啤酒泡沫
虫豸声要隔开一段很远的路径
在落下的风窗外，对我而言
就是一个认知和转变的过程，就是一种解脱
就是阅读一个人，去乌有的西山播种荞麦

3

一粒沙子被空气动力吸附到天上
七千米以上的理论体系，重力丧失，轻飘飘的人
夺云而逃，脚下当属尘埃中的广大农村
半个蜡头至今还在那只慧眼中亮着

我无须为她点头，在同一个声段里低身不语

这深深的歉意，水蒸气和概念模糊的分子式

像小学生举出右手纵向提问

他的话题刚好被一阵轰鸣声打断

担心自然来自虚空的火苗

幽蓝的榿树，我倒渴望她在宇宙深处开花

对应着花籽的头脑顿开

比我们每天所要面见的这个毫无可能的世界如何？

以剪羊毛的方法走过春夏秋冬

寒山上，有神仙危坐

卷走了遗忘在云阵中的绿帐篷，雪越下越大

牡 丹

一些过客低头退出旅店，不好意思。昨晚的老式猫眼钟表灵验
初见满屋子玻璃球滚动，左右流盼
仿佛在给一个人的病史扫描。早年听舅奶奶讲
从曹州来的二女儿半路上遭遇风流
划破手指，尽管魏紫的风巾铺地
遮不住满房间的月光，如同她们的旧名字
有挥发油的香味。当夜下车后接入，丝柏缠身
刺痛的绿挽住水池，星火散开
眷恋的事物再好，也谈不上生动。城南五里必有可去之处
云蒸霞蔚的人间，老太太提前备下的棺椁
已改画了三次，只差那一朵
就像那天我躺在吊床上睡着，筛下来的阳光柔和
特别强调梦的弧度，弓着后背一直试到脚心
两只鞋翻上翻下，像在走钢丝，赏心
世俗之美大而妖媚，她们新换的服饰
与花史中的人物交映，粉二乔的童音未破
从园圃烂掉外形的碎泥中爬上来，蚱蜢花和草青藤互致问候
场面夸张，于是就有了众多女儿为老太太梳理头发
门楣上果真有牡丹开过的痕迹

夜雨寄北

"谁也没在巴山，何以寄北？"从南方的土埂上走来

踩痛了早稻田的红泥巴，金黄的蜷伏

从昨日的午睡中一跃而起

一个看不见自己的人依然漆黑

春雨潇潇，本想在清明前赶回

别让那个活在旧小说中的人等得太久

变成死亡的某一章节

无奈世道中变，十字路口祭出的一片黑伞招魂

只见一双双新鞋走动，月亮作假

纸人纸屋劝不回纸叠的百合

等雨哭够了，身后的窗户亮起白光

南京城里，有朋友仿佛对天体做解剖试验，时空弯曲

黑暗的标本放大，一如我的无视

是盘踞在词语中的暗物质，还是人间的阴影？

面对头戴斗笠的刀客大笑："杀杀杀！"

一个不留也好，应声落下的却是一地白霜

北方的早春，情景剧中的尸身吓死宝宝

天空放晴，春池涨满

有人在玻璃上看遍，出现的那人明亮

一匹黑马脱颖而出，做他活下去唯一的道具

水　库

印象中的一个补丁，破了，露出膝盖的部分
常跪在镜子里，看下面冲积的黑泥
长出整齐的蒲叶、水葱和芦草，多边形的柳树
把我和另外一个人联系，具体的细节不在
野慈姑那面站着两只山羊，对望
它们的主人不知去向。两支白蜡在大地中央燃烧
羊脂油的膻味浓重，没能照亮我们，使黑暗更黑
而水库更像一瓶墨水，没有加盖
通过分流给农村写信，大如宝典，小到墓碑
或死后旱改水田的无边，想用它分散一天的注意力
于是避开大风躲进树林
于是我决定收起春天在松树挂袋补养驱虫的念头
于是有人破门而出，把日落的帽子
有意扔在了另一个水库的想念里
光一个脑瓜告别，明摆着一个殉情的人
直到涟漪熄灭，天一圈一圈黑下来

死风车

一开始它就是个死风车。从山楂树下走过的都这样说
那天，我在岭南又梦见了它
几个被伪装的人正在擦洗，不时交头接耳
话语的假肢咯咯直响
不是一只，而是一片
交叉的水柱支撑着轮廓
呈螺旋状，在天空这块粗砺的石头上越上越紧
至于松旷的某个部位，偶尔也可能打滑
不规则的反作用力，靠风向调整
转起来的像一只眼睛，只能从远距离处去想
早晨的底座巨大，如同丰碑
死风车，一棵我不知道名字的植物打开雪白的花序
这时候的旭日刚跑出三秒区
带着它和大地的时针，向上拔高跳投

红蓼酒馆

一阵雨下黑了地皮，暗绿的玻璃上，那么多的紫色挨着
还可以孤独，像十年前写下的一句
"爱飞鸟，更爱它飞过的那片天空。"
多么地皎洁，毕竟植物也是个体
开花声拉开的一个局面，在叶和神经质的长穗之间
空放着一只锦瑟，五十弦也嫌太少
无端说起，是一个叫作红蓼的酒馆
红蓼添香，艺妓的生涯也不算短，凭经验
完全可以留住华年，但是没有
在微弱的节奏中来回跳舞
它们的甜味与细毛脱离，最终失去意义
水银灯头痛，保持着很多年的感冒症状，嗞嗞冒出白烟
又一阵暮光飞临，落入虚情假意的杯酒
左手边也有一个前台，有人高坐，把脑袋缩进脖子
皮鞋尖卷曲，如同两只火钩
等着有人把他从深渊里拉上来
那人张着大嘴，苍蝇慢慢爬过黄昏的舌头

长 风

1

从鹅池的边角上吹起，我们的头发竖成一把刷子

然后蘸上墨汁，当笔，横着也想

用行书去写一篇关于人心的序言，转眼笔端

姐妹们深入骨髓，有风的长度

拉黑午餐时间。火车驰过，低处的震动

通过白柳的软枝弹回高瓦，百媚生的鹅群

白过某人的某一段恋史

纷纷扬扬错过，多少年来口碑不佳

这我们全都知道，偏要把火车开到东晋去，再设一个车站

在一片白纸的暮色中停靠

那时候呀，清发的小谢少年得志，宦途忧惧

照样死于非命。有人说，他的永明体像一个个珠子

串起来散花，在圆美流转的过程中下坠

砸疼了弹冠相庆的脑壳

可我们却活得难以启齿，饮长风直奔主题

就着阳光下飞舞的鹅黄，把一张张纸巾攥出血来

2

我们一直在强调这风的类型，在圆孔石器

和松树的细缝间，看不见的面目

要比树冠或高檐上的更疏离遥远一些

吹向田野的像一段被贴剪的年简表

擦过葫芦科植物的外皮

并镀上白霜，为上半年画出句号

吹吧。敏感、忧伤、尖锐的年代

越过丁香墙下的黑屋，水泥斜栏

和患上先天焦虑症的狮子老虎

把打卷男女的精神拉直，让他们活得更流畅一点

今天是一个平面，被羞辱了一上午之后

安静下来，血有点发凉

泪光中有人在天上晾晒冰块

肩扛塑料管子的农民夫妇为秧池喷水

日常造像中的人物性情则更加挺拔

他无助，他要亲手把一座废墟搬走

抬起头，积水里到处亮着铜镜的反光和灰白的虫声

3

雷雨停了，所有的空隙都鼓胀起来
一顶顶白帐篷退向它为我们指定的去向
说着就来到了一个庞大的潜在边贸集市
用喊叫声抬高身价，相貌陌生、顺从
禁忌的事物最先推出
白帽人和他罐子里的瞌睡虫
熙熙攘攘，一个野孩子蹲在堆满旧马具的拐角
嘴里使劲撸着一根羊肠
肠子用血、洋葱、糖、胡椒灌制
手上滴着化开的油脂，慢慢落在地上
开出了一朵朵细碎的蜡花
这里也不是拜占庭式
蓝色拱门里站着一些红铜士兵，尖顶闪耀
细沙上，牛羊抖开长长的绒毛，滚过草尖
变色龙还未变色，魔鬼的身材也无法返回
野葵花第一次有了冲动
湖里注满黄金
地毡上摆放着蕃茄、蒜头、红椒、孜然

和天然香料中的草果

乌鸦也显得无所事事

不想再为虚构的黑暗念错咒语

长者们在高山之巅垂坐等待再生

长风吹过，棺木的裂缝越来越大

死死抓住头发

雏菊睡在一只无形的盒子里

被它注销了年龄和性别。灵魂弯曲

墓碑歪着头偷听下面翻身

一条蛇甩着细尾爬过了卫城的中轴线

半耕园

半耕园三面陡出，仿佛对天咆哮的老虎

随时都有冲下豁口的危险

可怜了，银河两岸的孩子

纷纷跑回到回音壁里躲藏

夹在杂草或山石中间，树杪长满羽毛

鸟鸣，这么快就被折断

同行者又不只我一个人

会记下他们的名字，分别是为韬、马驰

孙晓鸿、兆宇、谢俊红和金丽梅

慵倦中起身，那一声声翠绿，山雨越下越大

此次进山，我毫无思想准备或自信

有人学做振臂长啸，篝火附体，走一步看百步

想起一日在病中，一边听肖邦的《雨滴》

一边细数额头落下的水珠

词语串起一面可供退烧的水晶珠帘

跟在山月身后，差不多已经过去二十二年

谁与联袂？大有戳破苍穹之势，情愫难安

怎奈，诗者不问出处，孤星，血泪

荒诞不羁的外在形式，怎奈挟一人身家性命

小筑一只沙鸥的白。兆宇说：

"一步两步三四步，步步惊心！"我说：

"可惜的是，无论往哪边走，

我们都已回不到昨天。"

王勇喊了一遍又一遍，驶出胸腔的魔音

疾驰，玄日震荡，像这清晨升起的一线生机

比干死的溪水还要短命

不 祥

直到走出了很远，两块石头还在彼此的印象中看着

它们究竟看出了什么？时至今日

谁又能说得清楚。一匹红马越过卵石后转身

溪水流淌，多少年过去，它们都在用眼睛说话

蓝目菊一样恐惧万状

花瓣簌簌落下，荒僻的院宅高大

端坐着两个人，当你靠近细看才发现

其实只有一个和他一样死气沉沉的背影

密径上长满黄连，风一吹，四处漫布了强烈的苦味

茜草和龙葵爬过来，精细的身子发出声响

在墓地里停住，变成了难缠的对手

分不清你我，乱作一团。那个人披头散发

躺在地上，桌上放着一本《地学》和一张硬纸图片

据说他在少年时遭遇过箱水母

很少露出真面目，也没有人愿意听他自语

看不出他的年龄，甚至看不出他还活着

把短裤拿到天王像前晾晒

窗台上踩过一串白灰的鞋印

花纹断裂，深沟里盛开着致命的铃兰

山 顶

三十年前就坐在松峰山顶上喊，像被抓起的一把草籽
当时间的五指张开，总有那么几粒漏了下去
还有，公路上结婚或送葬的人
梦中灯油浸黑的小道士，背着爹娘上山
头顶着松塔归来。几只白鹤穿破天幕
鸣叫银亮，尖细，一声声扎在心头
于是我们开始显得有些敏感，叹息着人世的炽热与荒凉
收窄的生命尺度重新放宽
深渊里的野鸽子铺天盖地涌来
如同传单被撒向慢慢隆起来的屋宇。我们时常也会听到
身体里机器发出的轰鸣，贴着思想的轨道下滑
谁都知道，留下来的时日不多
想象着死后的日子，有一个或几个像我们一样的年轻人
也坐在这个位置上，重复着我们说过的话
不知不觉天就黑了
有蝙蝠到河面上捕食，暮色很快抹去了白天发生的一切

诗 魔

谢文利就说，他几近魔怔。我说，魔者，魔心魔肺
只要不魔怔至死，不是假装疯魔就行
未见东风，也会用火攻之。谁在那里另辟蹊径
天空噼噼啪啪，云鸟溃散，一身白衣
从二楼落下，目光通电，有恨
也有说不清道不明的愤怒，直来直去不会拐弯
行吟不是，吟诵不是，吟哦也不是，吟啸
惊乱一院山花哆嗦丢魂，丢掉指甲大的温柔和娇羞
比窦娥还冤二点五倍，虽不见下雪
但还是冷呵！借他的怒火取暖
两根手指并拢，问天问地不如问自己
君不见四海之内皆朋友，皆兄弟姐妹
放声跟我学
千金难买世难求的一大片，但不是诗
是屋内屋外不下十口大铁锅的红锈
夜半更深，再说也没有人买账。诗算什么？
口号声从松枝上滑过，重重砸在黄花菜上，冰凉

地　肤

半梦半醒的时间虽然很短，一个人从风吹花的名字里
跑出来，无论深笑浅笑，是真是假
也不会仅仅停留在微光般柔软的肢体语言上
像黏稠的糖汁，浇灌了美人的花形，渐渐明亮
返回童年，月亮睡入宇宙洪荒的空壳
宝贝宝贝唱着，无意间碰翻了天上的酒精灯
大火蔓延至今，消过毒的微小事物
即使是一团漆黑，又能怎样？
风流成性的女皇命人拿出早年写好的大不敬艳诗
无非举体兰惠、冷艳香凝
和婉转蛾眉之类的滥词，淋湿了天桃
小情小恨的小动作、小聪明或小心眼儿
推开窗户，谁在对比？地肤的感受依旧强烈
光天如水，欢愉至上的一天来得多么地及时
慢慢化开眼前的那片雪白，一把刀，暗藏在口中

破　晓

1

从她某个有意义的章节里截取
一份密电待译
摸上来的人全部死掉
旧钟表的气息
发条连接的水声淹没潜回的线路
车票过期，我只会把消息发送到乡下
让它牧猪，表示一下
黑暗的群体可以放开手脚
大声说话，露出满口白牙
星光的绒毛落尽

2

刚开始学会，那时候还没有闲愁
肥大的绿上衣
遮去大半个身体
肚皮里的青蛙响成一片

零星的云气耗尽，池塘也被人们捣碎
春草拔出。摸黑起来
生产队亮了一夜，满院子人影消失
像老鼠钻进烟道
一只蜘蛛从火光中逃出，摔了一跤
瘸着爬回门洞。灯终于灭了
社会的倒影里重新挂出标语
张三满地宣传
甜菜被削下绿缨装入麻袋
日后晒干留作备用
工作组长老魏像哄赶牲口
响彻的叫骂声
被进驻三个多月以来的号哭打断
小生子的屁股重重挨了一脚：
"地主崽儿也敢反天，没门！"
没门怎么进呵？
进去的是跪满土炕的旧思想
黑压压的。瓢虫团团转，瓢虫不问生死
更不会有青春期的任何目的
一滴微明洇了，落入漆黑的井口
好像所有的路都走到了尽头
内容被掏空
我的生活也只剩下一个大致的轮廓

江边野炊

回头时正好有五只凫雁贴进黄昏，看我们向江水
要吃要喝要人情，要一堆难消的往事
反复磨牙很难咽下，拐弯处的大房屋可作谈资
尽管过去的事物场面混浊
已无据可查，可圈可点的名字不多
随那些早落的青李裂开，露出微小的内核
还未长成，外晕上的白光闪耀
四下乱插的柳树绿到人深处，恨不能
把当年所有的诗句统统扔到江里喂鱼，又有点后怕
难免怀远自伤，又一列火车驰过江桥
青草的烈焰撩起思念，像一根粗线穿进时间的针孔
谁说残破的部分还可以缝上？我们也常常自问
俯首贴耳的小虫子偷偷取笑我们
心意轻浮的灰暗中，自寻短见的那些年
一脚就能踢掉秋风的门框，而现在一变再变
再简单不过的道理，下地笼的那人
从浅泥下摸出许多青蛙，和我们一样
看不见的流逝停下，他腿弯下的江水也不想白流

迷 恋

那时我们并排坐着，低下头，飞蓬的黄花
在不远的山间开着
多少年以前的今天，与另外一个人徒步
迎着漫天的黄粉蝶前往一个叫三间房的地方
黄泥河上，高举旗帜的民兵正在拉练
脚步震天，亲眼看着沿途的风景被一天天踏烂
雷雨过后，事物泥泞，黄泥岗上越来越滑
可我们还是走过来了，也能再去多想一些有关爱的事情
正像泥浆里的活体：草虾、蠕虫、莎草
和挺立在鸭舌菜中的龙胆花，相互依偎
太阳直射下来，地衣卷得如成张从天而降的黄铜片
发出尖锐的回音。长腿蚂蚱压低翅膀
踏着泥泡跨跑，身出无名，还能蹦跶几天？
一些不明真相的人说我们疯了
会对一朵朵黄花迷恋至死，要不是母亲哭着喊着来找
说不定，水流的逆光中
真的会 一直坐到人生的尽头呢

一面坡镇

只是在车窗上瞥了一眼，明亮的蚂蚁河

反射出一窝蚂蚁一年的噩梦

油黑。沿着斜坡走下去，上面的白房子是隐士的居所

以蚂蚁为字，记下地方风物

生命动态，地产分布

以及酒窖里温差微妙的变化

树莓园子中的猩红，要小于少女的热烈

橡木桶暴露在外，被雨水淋得发白

铁箍脱落

奶山羊从草栏里出来

竖起耳朵细听

笑声开出每一天的黑花白花

从折中主义过渡而来的尖顶

单线条闪烁

上帝的手漏下碎金，洒在高速路上

径直驶向东大楼

蚂蚁随后搬家

也没留下一个光明的尾巴

密密麻麻的小脑瓜推动

一个个圆形池塘翻转

少年时的清酒花仍泡在两年多的时光中

烦恼不已

蚂蚁的尸骨变成异形

背着婴儿四处乱跑

去城中报信的人中途死在了假消息里

水性杨花的想法

被切成香肠，装入银盘

暮秋以后的天气

水缸里的冰晶令人寒心

一个身披米黄色风衣的美丽烟筒

斜插在最高处，呼啦啦地飘

老刘姐姐家

下了火车，老刘姐姐领我穿过铁路天桥
在熙攘的人当中，终于见到了两个拎奶桶的"马达姆"
人和乳房同样高大，只能仰视，不可攀援
于是我就偷偷问，一面坡有没有它陡呀
会不会爬到一半就咕噜下来，卡掉门牙？
老刘姐姐笑得弯下了腰：傻小子，等长大了
你自然明白
两个比我还小的孩子围着她们又哭又闹
脖子上挂着列巴圈。老刘姐姐是母亲舅舅家的长孙女
她们同岁。她家住在"马达姆"的隔壁
同样的俄式红房子，姐夫在葡萄酒厂当木工
每天下班都要带回一瓶原汁葡萄酒和一些熏肉或熏鱼
站在大街上，总能闻到一股浓浓的果香
在微醺的南风里发酵，小燕子飞来飞去
把庭院外的柳条修剪得干干净净，春水一般碧绿
喝下半碗葡萄酒就蒙了，直勾勾望着
车站那边的机车维修点，敲打铁锭的声响
几乎要刺破耳膜，披头士工厂一样的作业
发动起所有暗藏在风中的贝司手
几棵油松魂飞魄散
簌簌落下一层发黑的松针，将那些神秘的人影一分为二

火 种

有人在劳动中成长。有人在白日梦中晾晒床单

她对他说，至今也没分清火柴与火柴盒

两者之间的关系。就如同生活和伪生活

谁是谁非？大风只吹了一半，那一半

跑到无情的荒野下落不明。乌鸦身患自闭症

庙里的和尚长出长发变成头陀，暗自窃喜

美人失真鬼话连篇，说，早年在西凉

也曾骑着高头大马衣锦还乡，看见一群头戴瓜皮小帽的地主

在白银中纵火，烧红的天空云层翻卷

星星翻跟头翻到了台下，把穷人家的心情

当成了柔软的戏服。一会青衣，一会花旦

西凉曲中赶出牛羊，所爱的人在河西采桑

走廊里的雪照亮，追至塞上的宝马没入青草

失去意义，在沙子里挖出了千年的火种

野蔷薇

风向是它虚设的一块丝布，缀着一些泛白的叶柄
忧愁的野蔷薇，她说，又不是在去年
像抓住的一把细沙，攥得越紧，流得越快
我是说一块海绵，费尽一生心血，才会充满
梦见在一个叫知春路的地方站着
一个人曾从西单空手走回东单，旧北京一片萧条
果实刻下的字形，银杏树一身锦绣
扫清大地上的午睡，直露的天空
停出一排绿色的喷泉，两个人在地面目测
仿佛一切事物都脱离了高度
不在上边，而是向下垂落
无数的发光体交叉穿行，音响的声调
从黑暗的窗子里钻出身子，向远处眺望
一些尖酸的人头也不回跑开了，带着一片片金箔
还要等待，宿莽的才女，有心无心一试便知

钻天杨

一个顾名思义的名字，钻天而不钻营，不会像小时候

一声飞起的钻天猴，一条曳光的尾巴

在空中转完。在它的家乡中，也有许多姐妹

如水杨、白杨、白毛杨、响叶杨和黑杨

从亚平宁半岛的同一个午后

吹过来的一片新绿

我们常常被它惊醒，街道上已空无一人

没有谁再去刻意划分它的有无差别

唯秀木于赤杨之中，向着另一个高度

小小年龄，心中便有了一架上天的梯子

在够得着繁星的地方闪现

像烟柱从华北平原上升起

在无风的裂痕中，玻璃碎落

一只无形的巨大猫眼收缩为一道窄缝

晶状体弯曲，我们并不关心它

像绿松石般射穿缥缈云空

两个豆粒大小的人，走在反弓形的目光里

正像我在另一首诗中写的那样：

一座燕山飞了起来

牵牛花与打碗花

跟着牵牛花爬过高岗，脚步慌乱，浅粉的小丫头片子
洗净冤屈，但没洗掉素衣上的笑声
和上一次留在碗沿上的裂痕
没有人能凭空捏造，从此脱离大地
拽着头发飞出另一个自由，大地是社会的大地
老式唱片般阳光普照。捣乱的打碗花
绿纽扣系错了两种不同性质的衣裙，位置颠倒
尤其不要把虚幻的生命形式硬说成实现自身快乐的目标
存在也未必合理，漫过来的细浪
瓢虫那半个世界，找回那些打碎碗的坏孩子
他们的妈妈再简单不过，虽然同属旋花科
品质并不在于有多少冷静，以及有多少示爱的假动作
而我看见的花间收起的那一樽雨水早已洒净
太阳出来时，做一粒牵强附会的种子
等到来年，朱红或白紫连成一片，谁又能分得清

鹅妈妈
——听拉威尔同名组曲

长过去年青草的路途，冬日正短，遮住性别的帽衫
看见了水汪汪的自己——你好哇，鹅妈妈
躲开居心叵测的现实
及时行乐，一片旧日春景
蹒跚来到这个最生僻的地方
也可以试飞，越过泥屋和黑暗中冒出的水柱
喊了一声："飞呀！"一组鹅黄的灯光亮了
带领孩子们找遍了整个记忆
日落前的黑森林
贵族没落，靠不住的男女花心开了
大于世界性的五声音阶
像通过变化草丛弱音的过程
与突然窜出来的单簧管擦肩而过
无影灯前的吸血鬼，一串滑稽的尖笑
从昨天下午开始
钟表匠的一双脚蹼丢了，他自己在划
分开气流，在十分害羞的第二天早晨
模仿时效性很强的雪白外形
失恋终于来到了一个个瓷偶的心中
孩子们看完了喜剧最后那一部分

女主人偷换概念的本领很高

把一颗颗卵石洗净、捂热

等待有人能够在那里面小声说话

也许有关生死，也许有关是非判断

也许包含着国家般的个人意志

多年来沉默寡言

被折断的物状形成一个共鸣的空腔

尽管真的鹅妈妈一直都没有出现

闺房外的大风停了，一群人正围坐在一块烤土豆

鬼 话

时不时出现，一个或几个如此惊人的梦连在一块
究竟会做到什么时候，以至永远都不愿醒来
也无法评估它的长度或深度
一些小羊平白从草地下冒上来，两个兽医模样的人
说着鬼话，开始是两个白点，后来悄悄靠近
像两只孤零零的灯泡，把草叶照得雪亮
先选择定位，看看如何对它们下手
前面的小丫正在用酸奶做面膜，爽滑、细嫩的笑容
好像贴近了生命的另一个侧面，一堆木片旁
水纹荡过的日前，木匠扶着她的老婆在消灾
香油灯摆成正圆形，门镜里坐着一个童子
他和她窃窃私语，最后剩下半个黑暗的身子，无头
白杨的青枝潮水一样拍过天空的栏杆
青蛙从叶顶跳下，吐出许多深绿的怪圈
落在供纸上，童子仅有的一只小手在地上乱抓
无意碰断的一朵旋覆花插入了她的病史
两片红晕飞过，兴奋的沙河没入从远处上升的塑料袋
如同灰文鸟降落时被踏乱的白花花的早晨

神 力

比较中，谁可以轻而易举搬走400斤重的主动齿轮
交换来的午饭却十分被动，无非
是一叠干巴巴的煎饼，几根带泥的大葱
唇须上挂满面酱，一桶刚刚打上来的凉水，肚皮湿鼓鼓
还有一只比我更亮的大蚂蚁，此人名叫王政存
相貌高大，剑眉，少年时即可成名
从未遇到过对手，过顶，一截铁轨玩弄于掌心
力拔千钧！其负载超过自身的十倍
每顿饭15个馒头或更多一些，外加一盆肉菜
二斤白酒做支撑，装卸一车圆木如数筷子
一次性扛起5麻袋黄豆，骇人听闻！
时光总有丧气的时候，那些年的血
只是我们试穿过的一件旧衣服，被人扔掉
大蚂蚁又来到一群小蚂蚁中间，在货场上分检
机器零部件一类的早晨
重物的伪光芒，像某年某月份的天气转入高压

博古碾村

望文生义，怎么说，博古碾都不是一块大石头
压得人生喘不上气。沙河还有一段距离
绿蒙蒙的地表席卷过来，石灰场颒白
与村小学校相对，盆栽的紫露被风一吹，忧郁难辨
但它并非紫罗兰，同科的鸭跖草属
感到脸上无光，像对窦秋一个人的敬畏
我们叫他校长或哥们哪个更合适？挽着裤腿
如当年的社教干部下乡，自己煮饭，打扫卫生
在五种杂粮面前，蒸馏出烧酒提纯香度
我们只是看了一会日期，白瓷朗朗，照过了铁皮
从瓦楞上滴落的水流为室内降温
时间久了，两个女性也会缺氧。也有人想
验证一下发财山庄那四个歪字的真相
阳光像金水一样浇下来，我说，人亮得几乎丢了魂儿
交界镇那边的过去拿什么划分成分
一条窄水负担的责任重大，但与水的本质没有太大关系
不舍昼夜，像窦秋，一样也不会白费
砖瓦窑的框架没了，再也回不到锦葵花开的形态
总有心灰意冷的一天
避开热风的燕子，同我一起结草为庐

破 灭

从不记得，就是不存在

与一个没有的人说话

你会生出一身戾气

空白中的街道和屋宇

语气像一台演不完的肥皂剧

一次次破灭

一个不存在的人每天洗脸、刷牙

在魂魄中闹

进出自由，满身乐感

听一个死去多年的女子

演奏肖邦的《革命练习曲》

一条线索拉直，黄昏的天空里

有人在云上下棋

同几颗雨滴对弈

砸在大地中央

标出了不存在的格局

包括心怀鬼胎的老虎

贼溜溜的两只眼睛瞪着

被人拔光了胡须

往 昔

凉风从上雷木村吹下来，通过下雷木村的野麦

和山溪的空响，腐朽的日子开始说话

往昔也不会刷新，婴儿般吮吸的流动

挂满乳头大的灰质，蓝莓熟了。特别在下午

一百年前的人，仿佛又瞄向了炕琴、斗厨柜等老式家具

五檩五臼的西厢房早已不见

从半丘陵向浅山区过渡，一条深灰的虚线

短冈上仍站着一排好消息的绿，告诉我

和拔大草的伙计，洋姜还没有开呢

白鹅唱罢露水湿，在昨晚

在于家店和吉兴林场的松树下

我们躺在吊床上屈数松毛虫的毒害

去年看淡的那半截月光，志北和我走在前头

春燕她们紧随其后，大岭毕竟不同于大庾岭

一路上有说有笑，转基因或地域文化

"但令归有日，不敢恨长沙。"恨谁？像小时候的露天电影

总问，好人坏人？世界难道只有好坏之分

不好不坏该怎样解释？看不出姓雷的木匠刨出的刨花

水皮上响着鱼纹的白银

黑心菊送我们一片旧日黄花

走 过

1

走过，只想了一会儿它的亮度，我们三个人
谁也没说话。午后闷热
三里的距离，大杨树相对较近
水声似乎被装在一只无形的玻璃试管里
使它流淌得更具体，也可能碎裂
露出我们，扔下过去不管
身后那两个硬生生造成的蒙古包
像两个巨大的奶酪，至今没人敢动
这边的村舍无人，街道发黑
成群的暗影从卵石上飞回
带动水纹，都是一些被破坏的山体
爱也能变成仇恨，反复无常
怎么配种下遍山的玉簪和芍药
蜜蜂过境
而另外一个我早已不在这里
前往新华去采风
新华并不像新华社
星散在乡景里的诗人何塞
自有主张，用三十亩伤热的玫瑰陪同
主人着急呀

水泥制品与纸板厂同做合成技术
黄金的薄梦中，我们还看不清藏在花田里有多少时光
替爱情说出它们的甜言蜜语

2

不对称的事物，为冒犯的杨树被野火烧黑

反衬了茫茫的花千草

十里白城村居有序

在金国的梦里冒烟，熟田散布

条纹中的女儿家正在抢收毛葱

看得出的只有一片撅起的圆臀

飞蓬炸开白絮

捂住左胸，我还是第一次与它擦肩而过

写什么呢？时间、地点、人物细节都没有

宽阔的衣袍，泥盆里跳出的铜币

哎，但距泥盆纪

相差得实在太远，同位素的年龄段

它总共才存在了一百一十九年

苘麻和龙葵配置的空垄

恐怕菜窖比它埋葬得还深

看不见底

也无法识破她所说的语气轻重

草穗一般垂头

在一个叫小窝棚的地方偷生

痴女阿花瞒着她喝过卤水的奶奶

离家出走，当天失贞

十三岁的乳房像两颗冻梨，暴露在外

仰起脸，如同猪栏外爬过的一只打碗花

粉嘟嘟张着小嘴傻笑

可惜她再也不是

如同一只破碗被扔了，当然没什么可惜

故事讲到这里草色变黑

一辆客车装满苍蝇，从点将台左侧掉头

像缩小的士兵

乱哄哄赶回城中最大的酒店入住

暮光里，两只金龟子趴在花萼里吸吮糖浆

杏子熟时

杏子熟时，一夜南风吹开了山下杏黄的旗帜
有人登上云端，从想象中安插一队人马
和一间粉石灰的白屋。有人开始盘剥
水上长出金黄的绒毛，像虫儿聆听教导，在核里长成
远出的道士归来了，两只小眼睛通红
与瓶子里的蜈蚣对视，倒吸了一口冷气
凝结在蜘蛛网上的银珠倒挂，他站在杏林中东张西望
突然就想起了草庵外的小尼姑
春风漫灌那会儿，青杏刚好露头
两个人在一行绿树的两端各念各经，日久生疑
而不生情，始终还是不了了之。有些事想是想不来的
清净归清净，不予杂物，结果没有
还要看持心的程度，道士的乌黑对小尼姑的粉白
相对鲜明起来了，瓦罐里的生米已煮成熟饭
炒青菜，素烩，可对外来人来说
青杏黄杏我都不要，只要一只杏核
等她悄悄睡醒，水光间又一年的流盼

春分日，想起冰凌花的样子

有人长睡不起，赶在天黑之前去画大片的暖日
与亲人作别，一旦遇到你开口说话
世间的黑暗便会集中在一个熔金的点上
先请出长成人形的蛾子
替我推开最小的那两扇窗户
扫净烟灰，星星还在围墙上瞭望
像对落后的思想一样感到厌倦
视天空为坟墓
回头望望，抽象的事物并没有变软
也准备从别人的身上拿出几粒坚硬的芽苞去錾
时间或地域，回天乏术的工匠手艺尚存
那么多天想起，顶着薄冰的笑声来自溪头
屋外和崖畔
今日早出，一群说梦的孩子对着报刊亭那边的大海撒尿
呼喊，把雨赶出城外旁若无人
如同去年春分日走下山冈时遇到的那个瞎子
一头乱发，烟气腾腾，说像术士一样的生活
养鸡，重修课时和命中的早春
急不可待留下了自己的姓名
白眼翻过的日期，要不是亲手打漏那么多空想
你也不能相信，从意象这口活棺材里爬出来写诗

自己也要变回棺材，险些被词语葬身

坐着旭日的车子在华南指证

从童年的尸骨里取出黄铜的碎片

对着第一个前来报春的金属面孔

说出你日后的理由

等春风吹干地皮，冒雨归来的灵魂

柳树和白杨闪闪发亮

还有藏在你目光中小小的怨气

月亮的毒药把杯子斟满

瓶子树

一个人走着走着就不见了。从形体上看
其实是一个旷世的女子
一本书顶在头上，臀部上翘
瓶子的侧影，在生育能力极速衰退的年代
如同脏乱的云，一座水塔掩藏腰间
时光漾出，在钟形的花蕾上
亲近的对象大都出自有害的男性
多体毛的夏日特征
从图片爬下来的独角天牛
贴近了生活的原型，肚皮光滑
分叉的笑声吊在唯一一个可说腹语的窗口
蒴果下坠，把一段土路镀成了金属线条
与落日的电阻丝连接，分开
编造天空的谎言，她从不脸红
认准了异性相吸和交叉学的实用依据
像光栅中的加色法，高原的孩子向上抛出虚幻的硬币

漂流记

目光却纵身跳入水中，还有一个人在问

漂流还是漂浮？我始终拿不定主意

避开两个相马人冗长的对话

水的命，荇萍、慈姑或鸢尾花

沙河的沙推向下游，草籽纷纷熟落

泛开过无边的金黄，流过蒲叶和水葱

满身的暗锈，小孩子唱道：各回各家，各找各妈

他们有福，只是还不懂。离水也不算远

为什么我会是这样，在公路旁

像一颗卵石接受烈日的暴晒？

灰白的眼睛望着一片忧郁的池塘，而兆宇和马驰他们

显然活得比我生动，一连四个多小时不见

日落照大旗，怎么照？马鸣风萧萧，如何吹？

辽阔不等于从出塞时漂下来的那一段回放

另一个叫马鸣的书生，没等喊出落魄和离乱

便被饿死。"礼乐分崩，大道久废"，两千年的水皮

脸皮越洗越厚。一面之词的我和一匹马做伴

从它雪白的毛色间漂过，像一只青虫抽丝作茧

在人们还没有回来之前，最远的一个山包也化为泡影

李 鬼

都知道他原来不叫这个名字

也并非是被李逵手刃的那个什么鬼

扁嘴中常呲出一口色子牙①，八字眉，三角眼

短腿上的肉也没看见被一片片割下

在火炭上烤着吃

爱瞎唱："啊，牡丹，众香国里最鲜艳。"

公鸭头般的高音关闭

像脱手的沙锤，重重砸疼二丫头的心头肉

李鬼要滑，挑动一块爬满虱子的星条布

摇旗呐喊，一群喽啰尾随

旗杆上，肮脏在飘扬，高高的

对解说员说，宝贝，亲爱的宝贝

我只要那个粗瓷的大碗

大碗里有块肉，但不是赵一曼的那一只

有豁，拉嘴。前年听说李鬼死于黄病

被翻新的人，天黑前准时出现

同那种心怀鬼胎的座谈

没有纪要，每个人脸上都粘着一张纸

注：①色子牙，形容牙齿釉质沉淀下来的黑渍，斑斑点点很像色子。

徐四虎子

亚沟火车站旁的尿臊齐刷刷长出一圈狗尿苔

徐四虎子腰扎皮带

红五星一闪

便爬上了火车头的最顶端

一个金鸡独立

差点翻到天空的另一面

那面肯定很粗糙

说是用破洋铁片子叠成的

咣啷咣啷敲个不停

徐四虎子总想过去看看

生东风的春日

人人威武，身披霞帔的女孩子

用冉冉来形容

火车要开了，人们

难过地一站一站送走了他们的亲人

徐四虎子一个空翻站在地上

用的是京剧里的快步法

绕场一周

再来一个亮相，高喊一声后

对着地上扔下的花束

一阵乱尿。泡沫里的中午

大人排起了长队
每个盆子里都盛满鲜红的腐乳汁
他也不例外
假的人血馒头和假的爱情差不多
他要送给最小的儿子
或唱《东风破》的女花旦
那时还没有
向野花约定这种场景
旷野中停放着一顶轿子

第四辑

听一只鸟回答

采蓝莓

采一片薄云扎在头上，心比天高。被动的身姿里

试着调整黄花的颜值，像在对我们传授生活经验

都知道鬼伞有毒，都知道大致的轮廓

人们已不在山中，蓝莓的蓝，深得不见阳光的五指

落叶松林两只鹌鹑踱出，转身钻入草丛

老杨一副寿星老的相貌，额头凸起

与老婆三十年前跑偏，至今孤身一人自娱自乐

嗜酒，作诗，口占一阕也是常事，合辙押韵

唱罢一首漏风的曲目，忘词儿，我说老杨

歌声也会老去，再宽的声带也抗不住折磨，怀才不遇

还是怀人不遇？小灌木的天边

如果把它放在基地或大兴岭的某一个小气候里

说不定也能采出一个奇女子来

千纸鹤般的长啸

甚至来不及说一声你好，就被一段蛇形的话题缠住

红 莲

昨日最小的那一朵，落在了看不见的小行星上

像早年的红莲寺

大火烧了整整一天一夜

真想做那个心狠手辣的强盗

把词语制成人皮的玩偶

口吐飞蝗，但现在要命的是

我正在牙疼，想到的也不仅仅是这些

是恨是爱被祸乱迷使

卷起绿裙移驾别情的美人

睡相妖冶，在另一个精神层面

还有什么资格奢谈人和人性

嘴里含着血，如同我刚才拔掉的一颗牙齿

躺在床上翻滚。又一群孩子离开了

她笑眯眯地看我，只是打了一个哈欠

天赐的湖水，眼泪里也能开出几朵红莲

风声渺茫，无论吹拂了多少光阴

还是容不下我们

黄皮子与豆杵子

光秃秃的，我们预设了一个土槽，然后点火

再放上一串干辣椒

脱下上衣往洞里煽风

毒烟直入地下三尺

有没有神灵鬼才知道

灵光一闪，隐藏在黑暗中的私心终于被挖了出来

——黄皮子①，嘴巴乌黑

金黄的身子

已不知去向

看到它的人都要提起豆杵子②

谁知道呢

它们到底是什么好关系

性情狡黠的一对

算不算得上绝配？

拆开，驴唇岂能对上马嘴？

截然相反的两个物种

玄妙至极的小东西

许多人盘腿坐成一圈

于是眼睛尖的人就说：瞧，来啦来啦

那还不赶紧放桌子

那个叫小精神的躺着进屋

死死抓住大姑娘不放

两个人连说带唱

一问一答，使出了怀春般的本事

装着送她到十里山中

必须回答男神的提问，大姑娘

羞羞答答，清醒的身子像掉进水里

围观者恨不能假戏真作。口袋里突然哇的一声

黄皮子现形，哆哆嗦嗦

拱出了沾满白面的前爪

豆杵子在哪儿呢

结冰的街道上睡意沉沉

小崽们在豆粒上滚来滚去，月光打滑

注：①黄皮子即黄鼬。

②豆杵子即东方田鼠。

山 溪

山溪是快乐的。它要学会用头脑走路，也从未停止
不见得有多少成人的水准或烦恼
白银的夏日，小狐仙领着孩子在下游洗澡
草尖恍惚，在丢失屋顶的空宅
水底发出一声奇响，像开门声，白烟过后，一对小夫妻
早起，清扫灰尘，晾晒新米
主动回到事物本身，在一滴水里判断明日的对错
小心说话，钻出壳的小虫子长出翅膀
带着光飞回黑暗的过去
像一根精神的线头被人拉出
顺着溪水想起一个过程
她们一面制作果酱，一面念着别人的好
牧鹅人带着很多的困难午睡，日影落在他的脸上
有梦无梦一样弯曲，邻居们正在补种白菜

78号咖啡厅

即便浓绿融化，黏稠在酒窖或地下室里蜜制

但谁也不愿醉。沿着洋葱头的尖顶，线条时有时无

一百年前的话语还能扯出多远？它积水的身子

映出印花税的图案，从一圈黑白的围屏中分出

像写诗跳进的那个怪圈，假如帐篷里

每个人都有可能说出好坏，拖着一件白袍爬上爬下

再朝着同一个目标射击

并且向我颁布训令的暗语和出手时的速度

更像摸蛤蜊，柔软的泥线上，次日的头脑轰鸣

火车拉着一列空壳跑丢了一段中东铁路和它借用的风流史

市值、彩票、股份和酒樽，圣灵、圣子、圣父

坐在天空的花坛上分吃糖果，热奶溢出

纯银的大肚子也装不出一个俄国大娘的满脸风尘

78号并非一个什么秘密地点，也不会是

78天时间或78米高的垂直落差

永波与亚洲伏在长桌上碰头，元木和爱辉拍照做掩护

无声而斑驳。我缩在躺椅上，眼睛有些酸痛

一杯果汁，柠檬的微光中，仿佛有许多被改良的怪胎

扛着弹药箱子从雨中跑过前线，用俄语发出呜咽

天色已降到斜面以下，科林斯柱

或多立克柱的表现，插入这个午后巨大的裂缝中

科林斯柱式

牧羊人赶着羊群滚过碎石，阳光展开，连接花毛莨的金樽

坐在30米高的水坝底部，被假设的一圈柱石

从浅水中发芽，迅速长高

拱破谎言和中世纪的黑暗，尽管那时

我们还不知道它的所在与崇高，爵床叶弯曲

一只被木板和瓦片盖住的草篮

哀告中的女孩子也将带着她一生的贫穷

和所有的家当死去

在科林斯活过的人都这样说

起伏的水波，虽然没有大理石做注脚或陪衬

那只草篮始终空着，对油橄榄举出的白昼深感不安

她的迷恋还在于爬过花岗岩构建的纤细脉络

叶纹在倒钟形上涡卷，环绕出花茎簇拥的神态

如同当今人们必备的耐心和宙斯的意志，光明不请自来

解放的异性被刻入卡利漫裘斯同一个独立系统

当我们越过栅栏，沿着一条公路向城区步行

她还站在原地等待，仿佛天上的神庙被无限放大并敞开

一片科林斯柱式耸立，白云崩塌，众神失声

听 雨

心有不甘，又一年的夏天，连一滴雨也没有听清

犹如分子式重新在脑子里链接

潜入体内的一串病毒，由内向外

放射呈海胆状，一切都在等着它的还原

有时也有突发性，那天见到的只是白城的表面现象

到踩莲镜、双鱼镜或葵边镜的铜色里去说

浅浮雕上三只抬起的靴子打岔

竟然踢翻了辽阳那边雨水的反光

生命、政治形态、社会特征和性别，在同一滴雨中出现

石羊石马和所有物象的本身被削去首级

与两个蠢人对立，披头散发，大柳树变形

像被打入一只无形的石函，一个相对完整的音高里

而正是雨滴，露出了它晶亮的部分

在波斯菊改变口型之前，蚂蚁河并没甩掉它的烂尾巴

一只巨大的蟾蜍虎视眈眈，两只大眼珠乱转

没看见什么具体的目标，笑声弹出

破落户一般，我们和被它统治的小虫子，使出了强迫症

在同一处俄式庭院前收集水银泻地时的光华

仿佛坐在水洼里的两个聋子，相互叫嚣

七彩云霞

七彩云霞自居，女会计高小君找遍苗圃未遇
停在户外。流水不腐，况今日立秋，她的女儿丹
自言自语，编造自1995年以后的各种鬼话
于是就有人扛着一只狐狸从山区回来
金红的皮毛迷上了命中的最爱，又说，拿我寻开心哈
还炼了九百九十九年的气数呢
让你夹着尾巴做人，让你鱼目混珠
凡这样的事件总要说出一个理由，也曾春风偷渡
让你不食世间烟火，空谈人爱
说好的却指鹿为马，是丹不假，但我从未反悔
也不在丹田种植灵异的变数，脸红
丹霞地貌，一生丹心，山丹花在内蒙高原开过了头
丹顶鹤也不是，一粒丹药伴着朱砂吞下，含汞
丹毒病志："皮上红斑。进行性扩大。界线清晰。"
溶血性链球菌借狐狸说出了人话
女会计翻找旧账，小巫带着她满身的热情误入山中
被丹丢掉的狐狸围脖直立行走
万树霜天，由浅粉变回绛紫，有火球划落

放　生

一个人冒雨从城西跑到了城东，在天黑之前
蜻蜓点出水面，蒲棒刚好抽回身子
嘻嘻哈哈，对着人类撒谎。今天要与明日早做了断
放一条活路给亲人，尽管谁也没有见过救星
星空上长不大的豌豆也能熟落
女童子蹦来蹦去，在可见光里做戏
我一直想不出十个以上的极端分子，像冷冻厂的一个系统
把表面文章写在脸部。放出那只大脸猫
它有具象的表述方法，以数倍的自己看人
不满足于老虎，吃人与否，则是另外一回事
再放开两个禽兽，当场献丑，在不同语言的笼子间乱叫
用百米的速度私奔，山泥回响，没留下一个脚印
池塘大跌眼镜，我只是在河床上干躺了一会儿
火柴受潮，远处一片像锦鲤一般的光滑
始终未见一个活物，挖沙船倾斜

蚂蚁河

一面坡陡立，但它毕竟不是一面墙
看蚂蚁河的亮度
叫小蚂蚁过来帮忙，一条铁路冒出黑烟
呼哧呼哧的1900年
李鸿章的山羊胡子一撇
一切搞定。直到现在
还有人想跑丢鞋底的那段历史
好事难办？在新春里
妓女与皮货商的关系
一样的皮肉生意，各取所需
坐在街北的一片梨树下
最终得到了春风的赏识
长发带雨，又白又胖的花朵
有晨光的长相
野狐狸出没，大号的俄国兵
每天拎着酒瓶子四处鬼混
到室外强抢
逼迫小蚂蚁不停地分泌蚁酸
腐蚀着鞋筒里的臭日子
蓝藻或硅藻横生
讹传中的蚂蚁河肯定不止一窝大蚂蚁

叫马燕的也并非是燕子

碧凤蝶在同一个纲目中淹死

绝无仅有，闷罐车一声怒吼

难为情的水面又增加了一点颜色瞧瞧

啤酒花涌出，正方形的矮烟囱

遍布了我们眼中的土红

天空里的花瓣簌簌落下

十字架上

两个崭新的灵魂探头探脑，不畏悲伤

灭 火

三年以来的想法，钢铁公司也可以搬到一首诗里

让它离社会更远一点儿才是，变化与命定再好

也抗不住1600摄氏度的高温

钢性和人性一起熔炼、定型，不管冷轧热轧

划分依据无非是它的碳元素含量，在0.02％至2.11％区间

下夜班的星星还在编号中涌动，钢水一般浇了下来

有人善于搬弄是非而不是光明，专用铁路

长草列阵，当我们围绕它占地面积转过一圈后

时有时无的人从亮起灯光的窗口里伸出脑袋

电弧，喷碳，送氧，加注合金熔剂，然后才是造渣

造渣肯定不会是人渣、软骨和媚骨

灭火如同灭口！白气拂过，男女蒸发

粗钢的鬼魂在白日里飞奔，长出轮子和车厢

还有铁石一样的心肠，在头顶盘旋的送风系统和煤气管道

高炉细辨巨大的冷落，它接着又说：

假如我是一只老虎，哪怕是假的

也会流出悲伤的泪水。小燕子说：老虎哥哥不哭

夏日里的最后一朵玫瑰

明知道夏天很快就要过去，受伤的小燕还在叫唤
一行人坐下来休息，门开了，吕富儿介入
相反，他从北京刚刚归来
二十几年与妻李花不睦，城东城西对着干，我劝他收敛
性格又替代不了人格。吕说，混吧，我爱北京
我说，你爱没错，可你不是
转身走时他又说，反正离婚证还揣着呢
似乎他更爱从北京捡回来的那一堆破烂
散发着北京的腥臭，北京又不靠海
虽然盛产臭豆腐，奇怪了。不由就想到了一面坡
十岁的上午，水井中的青蛙也没变回王子
那天，场面十分矛盾，工农日杂商店门口
有人蹲在柜台下干咳，心一阵阵发热
火柴、皮老虎、毛刷、手电筒和扎兰屯生产的香皂
她们一一清理，目光最终停在了
一只装满茶叶的口袋上，上面印有"李记，1968"的字样
说话间，前庭开出一朵玫瑰花，脸儿紧贴着窗口
玻璃上一时泪流满面，女售货员擦了一遍又一遍

射干花记

像你一样始之妖妖，荀子劝学："西方有木焉，名曰射干。"

一滴月亮下滑，夜夜不能相忘

黄土南面的川流，豫中的青山被我整肃

排列有序的人间，有人只说

见到的却是那女婴泪中无比巨大的珍珠

托住水质的光华

留下至今洗不净的雀斑脸蛋

山巅顶上，目光有些混浊，是你让我想起

最不愿说的那个名字——替罪羊

如临深渊，十三岁的春雷滚过，有暗红的引芯

鸢尾科的高度，乌黑发亮的种子，小女子们依依惜别

神情羞涩，眉迹青青，能记住她的人实在不多

秋风惊悚时，花未落，随心病早死

把诗中的锦瑟埋入明年此时的衣冠冢里，竟对你说起

像一根根脱落的断发扔了那闲情

然后对着一个假象空弹。泠泠透过的枯枝

一束彩练，谁在射干花中追溯前身？李清照般的晚景

多年生草本，新愁旧梦也走到了尽头

迹　象

张地主油头滑脑挡在街口，横行，我们就坐在他的门前
试论挑廊中水平空间的长度
或架空层的真实定义，喷水池拔高
甚至怀疑革兰氏阴性杆菌
集体搬入他的肺部
肚子日益隆起
被割去头颅的高利贷主至今下落不明
两只警犬嗅遍，好像真的就能代表
整个国家的生态环境、社会与人心
竖起两只不同的耳朵
发现了跪在地上抠念珠藻类的一对母女
不时发出呜咽，含糊不清
婴啼一般，阳光斜照过来
除了她和她的宝贝女儿
也真的没有什么迹象可寻。田野后撤
植物的浓绿越过山顶，扫落天上的积水
还有灰尘中拆房子的身子，在铁瓦挂起来的瞬间
镇子上一片喧哗，声音泡汤

水彩中的少妇拼命上色

不满足，纸葫芦和小浆果

划出直线的水瓮也在弯曲，气概何求?

好在她们还有足够的时间可以玩弄

白炽灯泡亮出刺眼的白光

眼前一片眩晕

两只警犬尾随而来，在张地主女儿的石榴裙下蹭来蹭去

异　象

妻子说，那边的台风把天空推翻了，露出异象始末
我们这儿虽然也算是社会，落雨不大
两三个杂毛想逃之夭夭，其中一个口念下半身的脏
另一个讲起按摩女郎，解开两排纽扣模仿
哼哼唧唧叫个没完。猪猡哲学吧？
门斗外，有十字架闪耀，死灰复燃的后半生
折磨才刚刚开头。日午时分，主仍坐在宝座上
我四处打听该如何合成印制父母遗留的照片
下街有店，名曰春分，一群良家女儿做套
油头粉面的阳光挑起，啪啪拍响的老家伙
快活为什么不快去死？也有吃软饭的竞相赶到前台
左青龙，右白虎，围绕他们的文身颇费周折
暗影面扩大至半个白天，有木瓜甜腻的气息
绿皮上挂着的白霜褪去不多，那个两撇短胡的老炮儿
罩住一片不敢公开的水域，肚皮的深度不算
嘘，安静
光着上身的三五少年，吹着口哨从雨中消失

祭 红

从水晕中走出来，泪水涟涟，看你，早秋
也是一个梅瓶，逼人就犯。经青春的光焰
反复定制，夸张收仄，减去一些水体的虚胖
腰肢间神采飞扬，花也落尽，未开的也是销魂的模样
难寻旧日，多种爱恋的属性，可在男人的眼里
醉红和祭红，宣德釉的暗花
再配上一些有别于明代的血，心态晶莹
以梅自居，梅又是个什么概念？
为你命名的一种品质，也不是在这个年龄段
假如做一只梅瓶，尽管也可以因为爱你而高仿
留白的斗彩，街面的白杨丢光颜面，可谁都知道
温暖的日子或许永远不再回来，天青中
被抽走的金丝铁线，像两个小国的反目
仇恨在胸，有恶染指，在你盛大的嗔怒中猝不及防
割断了千里万里，月光沿着边口流淌，星空幽冷
就像那时我裹着呼啦啦的早霞从异乡返回
红颜有形，此梦无期，冰裂直入水底，恐怕你我也早被
装入不同命中的器形，听心碎的声音

天　师

没能把面目搬过来好好看看，究竟和常人有什么不同
蓄两撇油胡，长发打髻，黑灯瞎火
口若悬河。本以为天师常从观里旁门出来溜达
既弹琴也吹口哨，没事下下棋斗斗虫儿
倒背着手念上一段《阴符经》或《抱朴子》开篇
如需，到集市上摆出和合之术，保证让你七日之内
破镜重圆。也可从劁猪骟羊中吸取教训
驴马经箓指出，专为大牲口做治疗
避免不了，炼丹捅灭了炉火，画符遗失了朱砂
身背桃木剑与尔斗法，五味杂陈的方术
真火一明一灭，大叫无量天尊，待人待物，一阴一阳
一邪一正，靴子上粘满雪粉
鬼拎着落日奔跑，白水里盛开着芍药
并不忌惮什么人的存在，然后修持，辟谷
在村间挂上灯符。又一日过去
无为辩思的过程已显得十分庄严，《道德经》烂熟于心
取黄米酿造玄的酒水
天师目送一颗松果落入深渊，天空的星象变紫
泡在钵子里的葡萄散发出酸涩的光，一只猪獾慢慢靠近

荷塘记

早来晚来都没有目的，虚掩着的十亩荷塘

虽不见芙蕖，莲叶也在三米深的水上

被早年的夫子刘秀翻卷，往昔的红颜喧闹不再

书声不舍昼夜

家国刚好挂在心上，金瓜和银瓜的配置

像锦鲤的富贵相，农村的具体事物，一页页

从新生的莲子身上终于看到了一点点希望。有人会问

一点点到底有几成把握？我说，有没有

总比整日哭丧着脸强呢

月亮就是月亮，讲信用，准时亮出，西瓜刀一把

切断头顶的薄暮，街口正放露天电影，少见

沙果树即使有鬼也藏不住什么

被忽视的葡萄变的男女，都长有一双勾魂的眼睛

如同向光性的人儿，躬身，在谦卑中抱住明天

还是主人马代军厉害，叶露滚动，暗数月光白花花的银子

再重复一遍，每一日风吹尺牍书疏

掠走田田的身影，无穷无尽的日子中，秋光毕竟慵懒

只等抓蟹、摸鱼儿，然后拔藕，断了还有丝连

大秋雨

一道白幕撕开，残花败柳的影像中，有人对错口型
捏住鼻子说："老头，鱼盆是我的！"
模拟鱼童片段，刮风或打雷，掀开无边的旷野
有的击打木块，马车声把远拉近
它不同于口技，可以让火车也提高摩擦系数
通过桥梁和隧洞发出空响。半张脸躲进暗处
学鸡鸣，提高秋雨悲伤的频率
可我并不担心，像所谓的鼠尾草、鱼尾草和燕尾草
扮作长出尾巴的姐妹，亲爱的小怪物
潦草的动态光芒收敛，紫色凝重，替身消亡
就像一个人整夜望着漆黑的窗口发呆，不能自拔
带走各类伤命的形式，接满雨水的花瓶裂开
仿佛银匠錾入，雨线穿心，理想国被上帝收回
至今也没有找出回到词语本质的入口
天黑前，有童子共同追赶被风吹跑的帽子
小脑瓜齐刷刷淹没。我挪了挪冰冷的身子
一个星期没有消息，低烧，又看见死去整整一年的母亲
归来，坐在对屋自言自语
她眼里的蜡烛熄灭，天空被闪电击落
收割后的麦田空着，冒出白烟

白露记事

背着阳光一起到达，黄经165度，西风骤起
冷气上浮，一定有别于去年
同时自伤。不学俞伯牙，无琴可摔
约定的日子早死
变数是这一年的这一天，主要内容：
10时38分，看我要一个人面对
物候特征有着草木一样的极度敏感
贪凉，亚麻衬衫一件，全心赶路，短歌行唱罢
白露未见一滴，说好的要去郡王山
在哪儿？一个如此潜在的高度，金人陡峭
而此刻，半途偶遇一市井少年，与东关老女打得火热
她勾住他，细长的脖儿伸手乱掐，喊疼
当众撕咬充当被骂的猪狗，幽暗处
街上扬起了一阵阵灰尘，旁观的也不明白地咬耳朵
池水嘭嘭作响，公历和农历差开太多
有问有答落在心痛处，生死忙
——昨天拍图时自拟的一个题目，重力全无
什么情？母亲不是，姐姐不是
肉挨着肉反正也不是
夹在中间，落日倒像一个窃密者
乌鸟飞过河面，一张脸蒙羞，长出雀斑

再登白城

四个人沿途去看风景，狗尾巴草明摆着摇乱了歧路
在双腿间钻来钻去
瓮城没有，女儿墙也没有
与内城的黄土连成一片
浅尝辄止，农药味呛人
同一制式的屋盖
天阴雨湿，独不见上次来时的一车苍蝇
大批的秋虫列队欢迎
难得异口同声，也用不着
再为当年的春风哭闹，翠菊有别
围着太祖陵和那边的棺材店一个劲儿地开
翻出个花样看看，要多揪心就有多揪心
白城，谁的城？
又不是叫你去九百年前投胎或陪葬
生死一念，遍地的黄花也不会有我们一朵
一棵荨麻也不是，看惯了火烧火燎
就像那个人耍滑藏奸，坐在上面叫唤并扬言：
"有钱不花，死了白搭！"什么意思？
白搭的还有此行的目的
城里城外的闭日被小鬼收敛
余事不宜，小燕子已无新意，它走后

麻雀补白落入傍晚，在青菜田回荡

离双丰镇虽说只有数公里

早就想到了有人正在杀生

铁锅中的黄米未及熟透，旧山河观望

如同路边摆好的那些新漆的活棺材，老板娘着急

从头到脚目测我们的尺寸，面目全非

海沟河图面

同行的人说，海古寨与它相关。响亮像稀有金属

声音不大，淬银，从矿床中突然冒出

必经过料甸，流向匆忙注入远方的芳园和草甸

在秋日确信有早春的气象，春山在哪儿？疏林和山光

鸟叫惊心，平面图上，粗沙爬过的拉拉藤

密不透风的鬼针和洋姜比命，大柳树的华盖

盖不住一年的金光，望一望将军山就会知道

几个士兵模样的造型，如同造谣

变化可笑。三个人横穿公路，我们不能错过

两个孩子的妈妈用苍耳的粉末毒害丈夫

打秋草，不懂植物的成分

惊厥的早晨泡在苍耳弐的波纹里

有店无店也可以进入于家店、马店和饭店

店主的虚构离我们尚远，每天痛饮三百杯不止

冷水冲淡了春风的蜜日，而那一年的草料喂人

河沟浅显见底不可诗化

变色狼从山中跑回城外干嚎，被咬掉鼻子的木匠儿子

几次不能辨识，一家人哭哭啼啼，发音干瘪

灰白的灯光追过落在后面的脚步声

血红的荚蒾果散发酸腐的气味

迷 恋

从妄想到迷恋，拿一束野花赔不是，以至花中的鬼针

从视觉上刺入，扎破了多年充满氢气球般的比喻

你讲第三个故事之前，差评最次的是我们自己

眼镜片的裂纹延伸到每一种事物的背后

而不是花瓶在半夜里自己走来走去，窑变还是精变？

审丑不用长眼睛，你还谈到了邪恶和蛊惑

去年夏天天旱少雨，青草焦黄，卵石堆下

有人背着小篓捕食水虱或肉虫，提取高蛋白

美人坐在细沙上静观其变，笑眯眯

不放过其中每一个微小的举动，城中的老女人贪得无厌

填词作画，吟风弄柳，三圆四不扁的月亮

典故用到作呕为止，常画一些节肢类

她竟然长出了十五对细足，说背部中央配有气门

毒颚巨大，婚配状况堪忧，鱼玄机也不在话下

死而不僵的如梦令，代表了不同时期的两个版本

——小蝌蚪，水蜘蛛，池塘熄灭了

黑色烈焰中的早秋

如一只蚰蜒爬出烟道，吐出火红的信子

游郡王山

过了砖庙岭，郡王山领地一派突兀，鬼神难测不？

问话的指一条溪水，折上，有708.8米落差

推出一沟黑石，青苔不分左右

跑丢了完颜斡鲁的人马和震天的喊杀声。时初秋

空宅被一扇大铁门锁住，山果不见

山猫也不见，山人隐在靠山木巨大的阵容里

山风零零散散吹过来

连那个叫神学院的五饼二鱼酒店

门外的一排大缸倒扣，池子里的污水秽物犹存

以神学学做鬼事，淫乐当属社会上流行的那些坏鸟

赤裸着身子，遂让我想起另一类蔑称

见怪不怪，杂种不能混同，活得称心，巧妙为是

犹如今年早些时候开过的鼬子香花

凌人盛气高举，由狐臭变化而来

这等绰号对于我们这些游郡王山的兄弟姐妹未必合适

郡主呢？采花露酿天香，雁过拔毛

树林空着，中午，我们席地围坐

献上的无非是一些果酒或冷食

横竖也要敬一敬它的高度，红布条缠绕

三脚猫或三脚虎

三脚猫便是其中的一只。最早出自明人郎瑛的记载
跳过四季，昼伏夜出，他说：
"南京神乐观有三脚猫一头，极善捕鼠
只是足不成步。"那又怎样？
爱家国，更爱它黑袍加身的技艺，三只脚骗过
卖出的只是一个破绽。烈日当空呼呼大睡
很是可怜的样子，单等着春风拐弯不见了去处
三脚虎①也确实存在，灰绿的三足出没于街道两侧
大号的豆科藤蔓爬行，绿旺属
乌蝇亮翅，花色泛泛，野而不妖，紫星点缀
另一类就不同了，鼎立的器物中，死的
比如陶皿、汉玉摆件、虎面双耳炉或铁制的短兵器
握于掌中。当然，叫三脚虎的要属农用三轮车
充其量，三只脚蹦上蹦下
常见它仰翻在公路中间，三脚腾空，新月如钩
再喻人，有的就发出警告：
"你个三脚猫，最好不要乱说乱动，小心自废！"
蹩脚的夏天终于过去了，并无贬意的活物奈何？

注：①三脚虎，豆科绿旺属卧地莳绘薇，多年生草木，主治中暑腹痛、色寒
腹痛、疝气肿痛等，外用治跌打损伤。

跑腿子

跑腿子就是一个人活，无论临时，还是终身制
跳井不挂下巴，投河不湿衣服，光棍一条
也说不出好汉赖汉，是东北乡间的方言中，永远走着
一个人。漫不经心，东张西望，仰起头
太阳卡住，天空生锈，红彤彤的
耽误了很长时间。他和跑单帮的有着本质上的区别
既不同于泥腿子，也不会像那些狗腿子
慢，声声慢，细说，是一个单位运作
独立，只要不是向别人强行释放
因长期压抑所造成的恼怒
没人管你跑还是走，跑断了腿还有胳膊
再也不用脚打后脑勺，更用不着昧着藏着掖着
睡觉不闭眼睛，醒来摸摸脚丫，想想它跑错的位置和人头
闲心长草，割了一茬又一茬，两手插兜
看看门前的流水，几片杨树叶儿已知深秋
飘过来的黄金灯盏渐渐熄灭，凉风吹习
一群蚂蚁坐在上面听完了这一年的哲学课

九层塔

泱泱的水色，黑心菊脱离了自负，眼前一片漆黑

事隔仅仅一年，心情大不一样，脚步明显放缓

街面上的人也换了一张嘴说话

包括那些误解我一生的人，夜夜表白或观察

她们藏在九层塔里佯装不知

地中海沿岸的百里香，学名罗勒

其实叫它什么已不重要，虽然望文生义

在九层妖塔和九层宝塔之间

我总能发现烛光会一直亮到天明，静卧于黄金小屋

当初的读书郎却不知去向

九层塔显然不是很高，相对她们而言

另外一座会突然在肉体中拔地而起。开花时

就在环城公路南侧的末端，秋虫齐鸣有如金质

加上弱音器的中午，就算真的有鬼进进出出

死去的大人小孩整体攀爬，眉毛直立向上

用悲伤偷吃它每一层的花蜜，幸福降临了

母亲迟早都要把我们收回。北风乍起

山地上人影晃动，白茅明亮，九层塔被它们拦腰折断

吹跑了千丝万缕的联系人，卷过了远方高压线

山　雨

叫它山雨，山肯定自己不会下，拿什么下不管
就算用石头、草树、陡峭或它应有的气势
这么认为，云也不会答应，等于把好端端的雨水
白白送给了她们心目中被贬低的一些秃山
与秃人比较而言，互不相关的事物
你最好不要在这两者之间瞎联系
反驳的还有长在平地上面的天空与辽阔
孩子们奔走，会不会也想起宋人汪洙的诗句？
"禹门三汲浪，平地一声雷。"
再比如，山风山妖山鬼山贼一类的凶险之物
被复活的生命动态，在无形中发指，平白无故作答
今天上午久坐，好消息没有，坏消息不断
仿佛把一座山也推进了手术室
麻醉如同蒙上一层厚厚的白霜，早晚都要从冰冷中醒来
或死去，就像写在微信上的那些个错别字
昨天蚊子留在身上的遗言发声
时断时续，也无法再搭一间茅屋进行逃避
下吧下吧，不多不少整三日潇潇，山呼万岁
是今年吹落的金黄草籽
从没舒展过的问题，一个卷曲的人
冒雨从山中归来，说他看见了两头湿漉漉的野兽

梦见旧成都

屋瓦倾向暗处，像摇过来的一组镜头
在巨大的斜面上出现
街道漆黑，偶尔有车灯穿过，顷刻熄灭
一幅旧成都的模样，眼里亮着积水
满嘴的春光酒气
有人靠在行李上空谈理想
官本位，占星，宫位偏出
近地可指一条大道——仕途犯上
拐角刚刚张贴卖仁丹的广告，水色套印
付梓，落魄的诗人在样书上签名
撩开阳光，向园中的青李问安，报以泪水
像爱过的许多事物
并问，是否住得惯这样的地方？我说
宁可死在这里，木樨花还没有开呢

紫　菀

如果有一天有人关闭一切声音
或者彻底丧失听辨能力，紫菀①也不例外
到那时，并不能仅凭经验
判断出有关生命的真伪
无论你是来自哪一朵开花的声音
我要提前做好准备
像一颗草籽落下
像从未来到过这个世界一样

不谙世事的小，自生自灭
风吹于无声
暑热难耐，脑海中
不时闪现出你身旁的众多水生植物
如：灯心草、鸭舌草或紫萼
偷吃灯光的马已经长大
或在大地的印象中飞奔
被踢翻的池塘
像你眼中的漂染工厂
对于这个夏天，生与死
一样不可或缺
在离开家乡不算很远的地方

一切事物是否最终归于一个平面

我都无心到达

或者再造一座虚假的青山

一个宝塔

看上方的拱门打开

神的目光闪耀

多少年过去，只记住你

不能不说，也算作一生一世

一场接一场的雷雨

还将有多少姐妹

乘坐童年的马车回到天堂

与剪羊毛的爸爸妈妈相拥而泣

从内蒙古高原到东北洼地

每年的七月至十月下旬

这段日子，星光的瓶子尤为密集

仿佛被装入同一个黑暗的箱子

紫菀开得十分寂寞

消逝的一切，也终将消逝

下午在岭下劳动，并没有人带来好消息

采伐的青草堆积成山

天空忽然就高了起来

梦里梦外，浅浅淡淡
正值那些年的精神所在
明明知道，难安的心
也无法与你头上静止的白云作匹配
像一样梳着辫子的姑娘们
开满路畔、沙丘、陡坡或水边

注：①紫菀，别名紫倩、小辫等。多年生草本，菊科紫菀属。

新　坪

西风推动了北半球，太阳从同一个夹角上跳离

能看清的都是一些正面，这还是第一次呢

新坪不同于南屏，没有晚钟，气焰也不会那么嚣张

四下无人，晚稻田刚刚有被人收割的迹象

是谁命它与白杨一较高低，语气沙哑

白云退回，崴子变黑，担心鹬蚌相争白热化

今日中午被剽，一颗明珠从此暗投

北面的山形常有帝王之势，万千走向，听人一席话

句句伤心。逐渐干燥起来了

空气中响起撕碎大地的声音，生铁矿那边

虽然热烈，但皆被关闭

而一直活在上一首诗里那个姓杜的儿童

一身水纹，草尖上三条黑鱼滑行

假装骑在月亮身上泅渡，昼夜平分

夺命，要经过五里远的洼地

方可到达我们的所在

观尚志碑林跋

朱漆的门庭紧闭，且关不住遍地甲骨或金文的划痕

轻重适宜，状如涂鸦象形

皆为神子所赐

碑林横扫，介于隶、章草和魏碑

今草已思过多年，落款处

一方巨石制作的翻天闲章

悬针篆的花朵落入泥台，一片殷红惊起众生

书法中繁体的珎字与珍并无差别

而我独爱颜体和于右任的草书数美并举

拙朴天成，不求于工，乘上势的笔锋

听见了野鬼旷世的哭嚎

一张张拓下来，东晋的发端

——《兰亭序》和那个"鹅"字放大成

白茫茫的一群

喔喔叫出的是搬弄手指的王右军

与生来时的巨擘

春雨秋霜，有谁唤出日月正乾坤？

圣人就是圣人

比老子、庄子、孔子因何可待？玄明的池砚

龙蛇尽散，忍冬的果球红得让人揪心

石头不堪，一同喊出："挤死人啊！"
等身于生死，一支秃笔戳破物华
有人便看见孤魂钻出
借用一件桦树黄金的外衣，拄着手杖猛然敲打
被书体分裂的那一天，骨骼嘎嘎作响
西风一阵紧似一阵，仿佛有雁阵伤心地飞过

乌吉密

春水流过的秋山，不流，林中的采蜜人也不会走远
只在一滴蜜里。领着我们的是一个甜蜜的瘸子
踩翻了半条街道，横在两排绿柳中间
另辟蹊径。暮秋时节，沙石堆停止晃动
十一个人既然不分大小，其中，与它有关的当属
有满清血统的两个格格，遗老遗少不计前朝
山顶的黑色蜂箱也不计，羞愧
落下来的斧子差点把我劈作两半，落日吓了一跳
想象不出薄冰下的活体，冻死的波浪无法向前
鱼目混珠的日子不多了
也不觉得有什么不好，闭门谢客
谢不过那个叫铁蛋的男童，用一根松枝挑起
月亮化为泡影，轻飘飘地吹
本月的天气表面光滑，白云抽出细线，入纺车于无形
嗡嗡声近似蜜蜂，或迟或早穿透
竟让我的伤感无地自容。301国道与铁路交叉
车皮空着，三股控制的流域，肯定挂在鳙鱼的鳍上
水库翻脸，我们面对的乌吉密突然缩小
如同一瓶矿泉水，被我一脚踢飞

九龙山

那天爬上去，同样叫九龙山
但是没有样板戏的唱段
江水英也没有
九龙山也不可能摆下所谓战场
地方太小。九条龙还是九条虫？
一个很大的辩证关系
九个山头流下蓝色的树叶
山下面的九座小庙有神
白牛犄拒绝用山风的牙齿吃草
一行人涉险过关
说是要到洞里去捉妖怪
为什么呢？三个同伙
用木棍使劲敲打，戳到痛处
仿佛会从自己身体里
逼出一个半个类似的妖怪
接近中午，我问
到底捉住了什么
一朵花笑而不答，小小的裂隙
白花花的玉米地
两男一女正在收获，山穷水尽
心虚呀

秋日在一只空罐里呜呜翻滚

一个造访者的对象，东侧的人家

老陈和他老婆在拔萝卜

他的故事暂时记下并被篡改

他就碰到过艳遇，狐狸变化一大片

夜晚，山中刚好亮出一粒灯光

小房子只住一个人，无影

可老陈看得真切

红嘴白牙的小女生

一双泪眼嗫羞，伏在桌前写小说

情节泛滥，不可言说

满山的石头长出绒毛

走后，我向九龙山举起左臂

咔嚓一声折断

群租房记

一年的租金交了，水电费相应自付
按协议逐项收拾，共五条，甲乙双方各执一份
然后切换电线，尽可能让他们怀抱里的光
在6毫米的铜芯上更快乐一些
节能灯的笑声碎片雪白
把脸贴进黑暗的液体
深绿色的身影，隔着玻璃穿透诗歌的肺腑
现在还不是相庆的时候
兆宇和艳霞一声不响
用白灰刷跑旧日，乌鸦落入木炭
两眼冒火
在社区里大叫三声，打通道路北侧的死胡同
墙上写着："法办贪腐分子"，用嘴不用手
很好。继电器也没使我们在情感中安装
在刚迁来不久的航空技术学院里与薄云一起盘旋
思想的飞机轰鸣，它不像鸟
不是群租房下燕子留下的碌碌或悲伤
采风的人早在一个多月以前就不知去向
擦拭，我们还能有多少明天呢？
唯一保持的深度
把世事的性质说得再严重一些

人与人尽量缩小差异

生长与消亡

租下十几人的爱与恨

人活着实属不易

同在一个窗口，也一定能够租下两公里远的冬日

黑白颠倒，大雪盖住城外所有的房屋和空地

盖不住下一个春天

租来的小喇叭

为逝去的欢颜，在火葬场那边使劲吹了几下

李二丫
——题刘万儒珍藏旧照片

李二丫何人？李二丫是李凤臣的二女儿呗

婚史有无，农民乙有问必答

蹲在地上的傻小子无名

烟抽得真像，1970年以后的天

大概也是在初春，土质抽干水分，旱象初显

双丰公社现场拍照的叫刘万儒，儒者，想必他十分明白

"读书不作儒生酸"这个道理，走马观花

可惜长安早已不在，金城关也是假的

二丫辫子粗壮，一看就是一把好手

一群娃的屋里糊满旧报纸

小脸蹦瓷儿，两边有液体的蝴蝶飞出

学君子，他们偷吃悬在梁上的光头饼，烤烟叶的味道

叔公的棉袄锃亮。灰尘从西北方向吹来

身后的大幕拉开，与天斗

唯不见青苗，口号喊错了可以纠正

路要走歪却难以回头

挑水，把井从地下拔出来

一截管状，细思恐极的道理

李二丫微笑，慌乱中一阵荡漾

旋覆花

旋覆于心，何忍？山高水长的路途在妻子的眼里打结
另一个人也是，解不开
从钻天杨的香坊区到光秃秃的哈西
话题自然在一张草图上分开
像极了，用棋谱和凤凰单丛拼凑的诗歌
算子算得真准
杨东说，旗袍是妇女的一层皮儿
于是就有人指出，一些蠢胖
猪大肠一般的魔幻身材
包住了一段软绵绵的秋日，难度较大
就像那日一桌人卷入春饼
在不同纬度的周边
狠心插入一根细针做轴
九三、双鸭山、长春、哈尔滨、南京和深圳
拆开也是早晚的事儿，一堆小齿轮来回转动
从南到北，用旋覆花
用一种叫莨醇的中性结晶
去对抗我们伪生活的呃逆
镇静，镇不住啤酒瓶子的满脸荒唐泪
事物重叠
心意模糊，对于今天来说，它的金黄
还在于从旧钟表中抽身
校正各自不明的定位

听一只鸟回答

黑暗中的光被海绵吸没，借它皮肤上的细孔说话

音量变小，年纪轻轻就听不见，耳旁风吹过

像飞机掠走黄贝岭的表面现象

在深夜填鸭，逐渐形成充气的轮廓

趁着暮色开门

一个更大的海绵田，我不想记住

被人挖去眼珠的样子，试着摸到金沙的惊喜

——《山海经》的一页，《菜根谭》的另一页

"天地本宽，而鄙者自隘。"想请教一下

道听途说或墨鱼哲学

蠢蠢欲动的念头始终没有停止

也曾被迷倒，月光螺雪斑闪耀

软体动物门呼之欲出，用所有的不存在

用一截宝塔，用徒劳

和这些无用的辞藻

还要用这个夏日具体的实物或虚假成分

用潮水卷起宽大的衣袖

用从北方带过来的一个个空旷的日子

望着人世。如同一群瞎子半夜起来走动

光明挥霍一空

装在时间机器上的巨桨把事物搅浑

神明入列吹响口哨，茅草席卷繁星

海蜥蜴出没的瞬间

我又看到了它脚上跳起来的那个弱小的人

藏在刚刚灭了灯火的房间里闭门思过

为什么物伤其类？

大不了一死，被繁殖的近亲

同一只被踩掉底的鞋子耳语

草穗的光芒也不可收敛

偶尔也到海上照照镜子

呼喊声消失

加快了我腐朽的速度

堆积如山的恐惧与荒凉

大约在明天早晨，听一只鸟回答

薄　云

我看见了薄云，像锦鲤穿插

镶了金边的尾戒

戴在神的小指上，看透万物

恰似酿花的场景

光斑翻卷

直接连成一片

钢蓝色的山丘上亮出了多年不见的红宝石

去 向

"都写上吧。"我说恐怕不行,永波端起水杯
喝下上次见面时的三分之二
见证?两只白色的空塑料袋
鹤一样起飞
带着早晨童子的笑声,从照亮的那一刻起
我开始担心,在卫孝陵或罗汉巷
几场春雨过后,紫金山上的人影乱作一团散开
爬满青苔并生出菌子,长成伞状
一条腿走路

有人说把最像自己的那个译完
剩余的,交给另一个没有署名的人
我问:谁呀?他不答
指给我一片驱蚊草,紫地丁不知去向
再经过三株碧桃,水声很响,有人举着钟表
走出深潭,黑色的秒针左右摆动

娄阿鼠

一块白布扯开，前后的部分被人物省略

电影刚刚演过一半

伙伴们便搬过手脚做计算，变戏法般

以示抗议，一只鞋子

重重打在了娄阿鼠的脑瓜上

十五贯究竟是多少钱？约等于也无人答出

一个宣德年间的故事被分别串成十五串

那个尤葫芦到底装的什么药？

谎称卖身的十五贯

无中生有的十五贯

负气出逃的十五贯

"一个玩笑，小女呀

你这样为哪般？"

娄阿鼠是什么鼠？仓鼠田鼠都不是

想从先秦就已开始打洞——

"硕鼠硕鼠，无食我黍！三岁贯女，莫我肯顾。"

它，还是他？

籍贯:中国。职业:窃贼。生地:淮安

仓皇出场的鼠辈，啮齿

敢问，和我们认识的那个是不是近亲？

他不但作诗

还是一个打着领带的铁公鸡蹭吃蹭喝

至于贩卖的大米有没有毒，被抓几次，谁知道呢

与米老鼠肯定无关，它又不会唱软绵绵的昆曲

出入一个月前的某个细节

中途被踢出的娄阿鼠抱头

同样有害

害一地明朝的月光，哗啦哗啦向西流淌

鬼灯笼

鬼灯笼落空，就像我们去年参观的一个空监狱
咻，笑话，它自己在服刑，无期
回来的路上，鬼灯笼
发出一个危险的信号
绿光瞳瞳的肉体
被李斯特的超技练习曲搞乱
成群的鬼火站在琶音、粤音
和跑句的头上
带着大地飞奔，一个动机披散开头发

春雨秋霜同囚一室
出来放风的某一天
伸伸懒腰，打个哈欠，鬼灯笼不知道
自己提着走
在岭南一带现出的花容，白色居多
哭丧着脸。关于它的描述少见
同为被子植物门，一到二米不等的小灌木
当灵魂突然关闭
我们将做鬼灯笼的终生苦役
伸着舌头，一跳一跳

立冬诗

立冬日，想起去年等人不遇

一个人跑到漆黑的大桥上面

铁路两侧门楣高挂

街上行人渐少

细辨："积善之家，必有余庆。"

柳树僵直，履霜……

想到结冰的日子就在眼前

柳树当然听不懂如此云云

伸出手臂，折断

白日运行，有羊肉的鲜香飘落

雨至，一老一少赶着牲口自言自语：

"雷打冬，十个牛栏九个空。"

"门尽冷霜能醒骨，窗临残照好读书。"

他俩真有才，人各有志

我的心头不由一阵发热

想北方之神也该这样，而南方的亲人

又在献上辛夷、兰慈、揭车和芳芷

沐其旧岁，谓之扫疥

幻听中，有众女童诵吟：

"玄冥不出权独占，青女三白势转严。"

听罢，一列火车

正从桥下隆隆驰过

一日梦

见自己一副无形的样子，昏暗的小房子
七八个妇人
身穿皂衣，在说一些尖酸的话题
互相诬赖、诟病
看两只天牛斗力，青芒下的光亮
若有若无。"今无日，明无日
问：永无宁日？"
我说，借我一日，表达以上你们的母爱和仁慈
一日，液体的光辉凝结
其中，心目浅露的一位
要领我去一个叫围的地方
而她的女儿更糟，三眼白的善恶观念
往往与利益挂钩
高山之声大别于我的苦闷
第一次在梦中回忆
群鸟乍散的景物一天天缩小、颓落
单眼皮的池塘
死盯着暮色中的一棵孤松不放
倒是永远也不想像嵇康那样鄙俗弃世
以打铁为之
先忧游容与，采薇山阿，再抱恨山阿
风致如此，有些梦从未当真，多说无益
很快就要有下一场雪到来

积　雪

燕国的雪要比齐国深，幽州台的贤德
征人与寒士，云端上
一群女子并排走下，青草的气息嚣张
有如白色烈焰
"君子为，绝断也不要发出恶声……"
自从来到他们中间
我也曾站在燕山下面仰视颂赞
黄金的灯盏必定盖过今晚
比燕国的月光还要明亮
比报燕惠王书不要一字，做一个人的辞别
"佞臣不才，所以不敢多做解释。"
心志明，不需要任何表白呵
我们之间的思想刚刚搭起一个框架
积雪上，空有一支军队，大风吹过

雪　泥

泥上并没留下什么爪印，天地四时
说话又过了立春
我们便往院子里搬运发黑的木头
天色将晚，隔壁空亮着一屋灯光
我喊了几声
无人回应。斫木之声
传回到聋子的耳朵
说，这可是我听过的最好的技艺呵
可雕蔺相如的脑壳
董贞一遍遍解析《渑池之会》
以死相逼，秦王敲空盆缶
而小女只顾吟诵：
　"泥上偶然留指爪，鸿飞那复计东西。"
且不时问起渑池那边的家事
仿佛那匹蹇驴还在干嚎
灰土一样卷过黄河
月亮掉在一口枯井里，残废
第二天早起，无人眷顾，已经飞去了很远
满身的泥点子
一只鸟，降落在风做的金枝上

柿子树

眼巴巴的也不只是我一个，霜降前后的柿子树

在目光中行走，被刺探的内部

齐刷刷，亮出舌尖上的痛

小小的灯笼，像我当年景仰的那些小人物

生卒年不详。不是周宣姜后

不是卫姬，不是齐姜或周南之妻

一回到家里就闷闷不乐

当然也不是淫妒荧惑乱亡中的孽嬖

无双之极

上下比例失调的另类，骨架宽大

鼻孔朝天，额头像臼

毛发也没长成几根

折腰出匈

一见门就敢拍膝高呼：

"危险啊！危险啊！"

好像生来就是个出头鸟

温酒，而现在有人正疗我的红伤

翌日就会听到骨头与骨头

接续时的对话

快乐而不知死活的齐宣王

一层皮肉做镜子

风吹齐国，叶子落地

落桑丘，落大海的金红

束带步行，剧中有大局观的仅钟离春一人耳

然，光秃秃的疏枝弯曲

软柿子塌陷

仿佛月亮被噩梦捏扁过的前身

观怀素《自叙帖》

平滑的早晨，忽然陡峭起来，彤云稀释
皆有草木的气象
如东风临于阵雪，挥洒自如
春寒势不可挡，遂想起十岁以后的怀素
一个以方块字作用于佛事的小孩子
一下就到了弱冠之年
那时的零陵还未叫永州
衡阳的大雁来去无声，好笔翰
光棍一条东跑西颠，执迷黑暗，激切捭阖
取平潭的海面或钵子里的大鱼大肉
一路平横直纵就混到了乌烟瘴气的长安
尽管瘦劲抒发与庙堂有关
与张旭的肥旷形成了鲜明的对照
而大历十才子比你更加唯美
一样的窃山窃水、窃春风、窃明月为己有
窃榴花中的裙带线条之类都不适合你
好歹也是个和尚呵

引篆籀在此，一喝便醉，鼻孔冒烟
假冒自有假冒的好处
赶着一群乌鸦四处盘旋

壮志凌云，再迅疾也会遭人厌弃

终究要写一篇连绵不断的《自叙帖》

被戳痛的书体，并非一贴膏药那么管事

说到底是谁的眼力不够？同是肉眼凡胎

用你那个著名的叔叔的话说：

　"曲终人不见，江上数青峰。"

以著录心法或魏晋的机密，令竖子大惊失色

环回相扣，多藏于奔雷的内核

即便看轻这个世界，都是出来混吃混喝

敢在皇帝老儿的头上一通乱搞也是神迹

京城短短五年，瞧吧

现代人的一个比喻，好日子就要去了

一个人如此狂欢，最终陷入无边的寂寞

云的形态从此失控

我等胆小如鼠，将命北冥之鱼

为你点灯，何来

　"因非虚薄之所敢当，徒增愧畏耳？"

山　魈

不见史料记载，河北、山西真的就受过它的影射
即便有，也早被炖着吃了
《山海经》或《抱朴子·登涉》中的描写
十分精彩：
"如小儿，独步向后，夜喜犯人。"
山魈多有威名——山臊、山夔、山都和木客
常与妖怪睡在一块。当我同朋友谈论
她说它能嗅出男女不同年龄的气息
猩红或热烈，可我不信
几只山魈可以独自蹦过
赤道附近的萨纳河以南
逼迫人类一步步后退
怎么可能会一下子摔得满脸漆黑？
25千克的鬼能背动一个大活人
大都为儿童，它们想干什么？
夜里学人大笑，敲响木门
对密林深处全部的畏惧
我只记住一条卷起的长鼻吸住
溪水忽明忽灭
甚至可以测出春风的速度或长度
鬼狒狒的金毛
吻部巨大，一口就被吞掉了
可惜了兄弟，非洲的朝阳才刚刚出生

火车火车

心情不好的时候，恨不能
把白云也拆卸下来
安装上车轮，以水蒸汽的方式
开出一列火车
在每一滴雨中
天空的铁路
沿着我想象不出来的区间
从一个虚无
开往另一个虚无

在距离真实铁路
十公里不到的武士山下
只停留了几十秒
呜——呜——；叫了两声
或两声以上
是小朋友吹响的
一只小喇叭
脑海里果真就有一列阳光的火车
呼啸通过
山中的武士
他的眼中充满速度或预言
像一块石头被扔向未来

相对静止

又好像从未离开过

在他东侧的人工松林中

静静盛开一片五个瓣的浅粉小花

后来才知道它叫樱草

显然它与火车没什么联系

但与写火车火车的这个人

肯定有关

把樱草和所有报春花科植物也安装上车轮

随便驶向哪里

也不会那么复杂

任何一种颜色

都开得十分简单

侧　面

朝着一个斜坡的侧面走过去
杨树的种子像杨树叶子上的微风一样
却无法承受生命之轻
某日，停电一天。公园里的12小时
喷泉缩在金属孔里
若大的水面即使站起来奔跑或飘荡
但仍环抱着一片寂静
寂静是不对的
叫嚣，大笑，时光的锤子旁敲侧击
尽在聒噪与喧哗之间

被踏平的青草深处
一只灰斑鸠落在头上，我坐在那里
它无意把人也当作一墩茅草
准备筑巢，是借你的脑瓜
或脑瓜里的思想生儿育女
无论好与坏，理由是否充分
花朵喊破嗓子，不堪拥挤
缕缕被划破衣裳
像野蔷薇、多叶小檗和皂角树

塑料制作的彩色渡人滚筒

在直观的入口处摆放

仿佛天空唯一的窗户刚刚朝下打开

有人爬上一座拱桥

露出两只大眼睛，略显犹豫

方向的选择是坚定的

在我的脑海里

瞬间变成了幸福的双眼皮

面对面，她躲躲闪闪

来到假山侧面就不见了

突然涌起一阵莫名的惆怅

对一个老太太说起年少时

我经历一些同样的感受

一直回避，关于生存的真实意义和疑问

没有人正面回答

就像死在书中的那些人

一台老式留声机

在天堂里一遍遍播放

青　杏

尽管心中青涩，也可以指出

一颗青杏

一颗青杏般大小的孤星

仍是少女模样

一个隐喻

一个亮点

古典主义的痛楚

酸词中的只言片语

两片薄嘴唇，一天天长大

平淡无味的心境里

无助或孤独的青春之核

可以在六月之初

慢慢体验，仔细端详

毕竟爱过

毕竟恨过

毕竟死过

毕竟活过

伤口深处

甘不甘心无需再言

不知不觉

便学会了克制或忍受
比起问题一箩筐更糟
"风雨替花愁"为谁？
寂寞又无聊，平添命苦
真担心呵
又错过了一年

毛茸茸的脸蛋，略施薄粉
即便有人搬倒醋缸，咬了青杏
也没那么严重
好日子总要有阳光几滴作陪衬
坐在镜子里
独对一双杏眼
红袖绿袖
想必早就无泪可拭

附 录

一片松树生长出翠绿的尘烟

——读韩兴贵诗集《空山》

哈尔滨师范大学文学院博士 刘雪姣

韩兴贵以诗人身份崭露头角是在1984年。在那样一个张扬纯粹和力量的浪漫年代，他目睹了中国当代诗歌的哗变。然而，一望无际的日常生活和生存窘境终究磨损了他与诗歌写作间的纽带，逼迫他在2006年后不得不在诗歌创作和生存竞争中做出抉择，"焦糊的云一年一年追赶，当作亡命的靶标。对应着那些乡下女郎和人情味，被分开活着。"（《江湖》）这本集子起笔于2016年，那时距离韩兴贵上一个诗歌创作高峰期已经过去了整整十年。从生存的战线上解放下来，摘掉头上的紧箍咒，生活终于愿意将笔和诗还给伊甸园。从某种意义上来说，韩兴贵也是"归来"的诗人，有别于受政治环境挤压而被迫转入地下的那些"受难"的诗人，韩兴贵的"归来"是个体生命在遭受生存的巨大寒意后做出的选择。这样的回归需要更大的勇气和决心，经历了与诗神的无奈分隔，"命定的佛焰转过尘世，希望也有来生""面对着寥寂等过来世——石破天惊的那一幕"（《辛夷花》）。

较之韩兴贵诗歌创作前期青春激切的、富有实验性的、敏感于生命无可躲避的责难而不得不严阵以待的创作状态，《空山》的血脉中流淌着一种岁月洗练后的达观、从容和蕴藉，是那种人生的溪流经过狭窄的河道、湍急的急转和冬日的冰寒后，终于归入大海的平静豁达。这样的精神气度促使他以悲悯的目光抚触日光下如旧的山川河流和人生百态。

一、人间烟火事件

诗人的天职是还乡，为负累沉重的灵魂重新寻找一个"流放地"。一个过于"现代"的精神漂泊者渴望叛逃，从所有精确咬合的现代齿轮中寻找脱落的缝隙。在某一时刻，我们不得不承认，后退旁观，用手指和笔尖细细摩挲光影的重叠和幻化，能够重建曾经濒临坍塌的世界。

韩兴贵是土生土长的东北籍诗人，姑且就从他的故乡《阿城》说起。"城在离城五里的一块荒地。住的这里，只能看见一段土路"，他家的东面是"清真早市"，西面是"基督教堂"。现实空间的人声鼎沸连接着形而上世界的静谧幽微，他住在"彼岸"和"俗世"之间，信仰着"长者之风的异教"。由此我想，诗歌的确应是一种"异教"，它不接受集体统治的规训，它的写作里有一种尊严，诗和诗人的尊严。诗是生活出来的，不是写出来的，没有对生活的沉潜，就只能做无病呻吟。所以，韩兴贵写自己虽是"蓑羽鹤一样的老者，鹅卵石一样的老者，尘土一样的老者"，却"也学学西门吹雪"，圆一圆千古文人侠客梦。

有一个问题是无法回避的：诗意很少能够成为诗歌。但是，诗歌却能为诗意的到来搭一架梯子。20世纪，鲁迅痛感于知识分子与乡土在而不属于的悲剧，今天，在"漂泊"与"故乡"之间，诗人韩兴贵选择站在人间，与炊烟、牧牛、砍柴为伴，让脚踩着大地，不躲闪地直面风霜刀剑。在《烟幕》一诗中，他通篇使用"不问真相"作为与外部世界对话的方式，以拒绝作为曾遭它排斥的攻讦方式。如韩兴贵所言："以诗意中的朴素弱小人格意识去试问俗世，与恶冷对，面向人和他们千奇百怪的嘴脸，我只是学会了轻蔑地一笑。"

可见，诗歌创作并非意在为权力社会开一剂治乱药方，那是政客的事。若要说得确切些，它提供的是一套经验、一种情绪、一份民智。现实生活泥沙俱下，裹挟着耐心、希冀和热望，也将往日虚浮在人面上的燥气一并浇得没了生息。五光十色的炫光褪去后，留下的是赤裸裸、麻咧咧的生活本身。"一句口头禅的假头套念念有词""黏糕、卷饼、炒土豆丝、老虎菜和熏肉""铆钉铆不住旷野上的大风"，韩兴贵劈头盖脸扔在人面上的虽是老家山洼子里的野味儿，却能在家乡的泥土里竖起一幅招魂幡。乐调和诗组成了歌，而诗的另一面却是哀歌。放弃对日常生活经验的高度戒备状态，代之以柔软的、热烘烘的、散发着些许腥臊气的暖融人气儿。从这个透着股粗粝气的精神空间中拓展和生发出来的充满张力的地域文化性格，投射着当代人普遍的现实处境，在揭示他对世界所采取的价值和精神立场时显示出"权威"，也可以理解为他为避免被衡量和检视所采取的策略。从表面上看，它包含不可回避的消极态度，但实际上，这是一种巧妙的误解。

纯粹的"编年史"难以实现，时间的单向线性检索并不能承担全部使命，它仍期待深度关照和诠释。一望无际的日常生活经验在韩兴贵笔下是作为过往的参照存在的，其分散、难以捉摸和倏忽而逝对照着过去的凝练、春风化雨和悠然自得。现实人生与历史反顾在韩兴贵的"归来"中，占据着重要地位。不同于绵软的得过且过式的询问，这确是一次全力的骤然释放。在这种回归式的生活方式中，人们计算时间的方式不再是如今大行其道的、压迫神经的效率式、秒进制的"快呀快呀""如果生活也是，必将一日千里"。日子在日常生活的"收集"中，被重新打磨得慢而圆融，那些"铆钉铆不住旷野上的大风"已被"散成齑粉"（《某一个早晨》）。人因此有机会沉滞于无垠的时间旅行，在古老的诗歌之国遥望对岸的"人间烟火"，做一个"执迷黑暗，激切捭阖"的"异人"《观怀素〈自叙帖〉》。

韩兴贵用粗犷的原色消解了曾经渴望塑造神性色彩、英雄人物的企图，把戏台重新搭到市井街头上，任何一个路过的行人都能上前一步。但即使如此，他的诗并未因此丧失诗歌"凌空高蹈"的审美品格和精神，其内部肌理仍浸润着诗人作为人类最敏感的神经和最尖锐的喉舌的"精气神儿"。这或许也是诗人和读者都愿意看到的"人间烟火"与"太平盛世"。

二、对诗艺的打磨

虽然《空山》氤氲着"人间烟火"的热气，却并未使人安然沉浸其中而失却与现实世界的联系，"桃花源"和"武陵源"在这些诗中是浑融的整个世界。这种"积极的介入"在诗艺上，部分来自韩兴贵对精确数字的使用。

6毫米的铜芯、708.8米的落差……此类数字意象在诗歌中的大量涌现，必然要诉诸经济的迫切需要所导致的一系列连锁反应。对数量的更多关注将公众的注意力从质量上置换下来，神话逐渐失去效力，新的意识形态开始形成。科学计算帮助时间和空间将度量衡更精确地在日常生活中固定，生存和诗意也不得不回以"必要的折中"。精确数字的出现显然有别于传统诗歌中对数字的运用。在中国古典诗歌中，数字往往以概数的意义出现，其承载的是关于庞大、浓烈等情绪、情感的深厚表达。韩兴贵对数字符号运用，是"现代"的，它精确到小数点以后，这意味着，诗人情感的表达也勇敢地跨过了感性的朦胧,一脚踏在了地上,对效果的达成进行了量贩式的精确"打击"。

在《水色》中,他这样状貌诗人:"两颗虎牙外凸,猫脸,舌头上永远拉着一列存在主义的小火车。"的确,在这种坚硬的、有情感缺陷的语言媒介中,诗人的形象确实遭到了自身和外界相当的歪曲和折射。所以,韩兴贵发出了这样的吁求:"坐在市井里,两个无赖终于喊出:去死吧,实用主义,去死吧,虚无主义。"(《阿城》)这个充满戏谑意味的场景是有感于那种将自然科学奉为圭臬的实证主义对生活或生命所进行的精确手术。诗歌作为文本发挥了它的记忆作用,韩兴贵唤起的是一场集体记忆,一个潜在的故事情节的世界:或许年轻时,我们都曾追逐现代的眩晕感,吃够了岁月的苦楚。笔走轻盈之间,"不可承受的生命之轻"却已力透纸背。

与科学精神形成鲜明对比的,是千年儒家文化为中国人提供的那套详实的道德规范、行为准则、评判标准和审美情趣。中国人敬天、敬天命、敬鬼神,其中,鬼神就包括祖先。韩兴贵爱写祖先。《泥盆》全诗气氛仿佛一场压抑、憋闷且欲说还休的默片。"一台老式收音机还在播报""父亲斜靠在外屋/说话时,衣服还是他死时穿的那种颜色""我抬起折断的左手让父亲看/他什么也没说,好像根本不认识我一样"。父母与"我"分明在同一时空,"刚出锅的黏米饭冒着热气"却氤氲出遥不可及的间离感。韩兴贵用"泥盆"状貌祖先的时间,它凝固、沉重、不事雕饰,是老一辈人身上那种憨直、勤恳、笨拙和仁义的转喻。诗人说,"一只泥盆挂在空中,太阳漆黑",这是"泥盆纪",是一个时代,是永生于生者心中的私人历史,住着沉默的先人和已逝的流年。怀敬先辈是韩兴贵诗歌的一大主题,孝义之德流于血脉。又如《寒衣词》,"又一年的双膝跪地，硕大的眼泪烧成纸灰。爹娘呀，西山有松未扫，西山有雪未拂，西山有云未收。""这等人世的大悲孝"支撑一位怀有大爱的诗人继续在尘世行走、观察和歌唱。

韩兴贵写死，却总是给"死人"留一口气。"集市冷落，日渐萧条，可分明看见了一个没死完的人，再死一回""时间交叉，塔尖上的光，是青草的天堂"（《青草青》）。死亡成为一项未竟的"事业"，在生而复死的循环中，它具有了某种实验性和合法性，这是韩兴贵关于生死的独特考量。时间可控，上帝可以化为尘世中某个人参与命运，"天堂"则是人彻悟"生"后的圣光。

在生死事件中，"活棺材"是一个极具个人审美色彩的意象。世间乱象，人也"一张脸皮煞白，没长五官"（《忧惧》），诗人的诗心因此激荡难以自平，韩兴贵便将之比作"活棺材"。他在《鬼不只是一种坏心情》中"面面俱到"地写鬼，"抽象的鬼猫在靴子里闪烁其辞。具象的，如半阴半阳的双面鬼，鬼眉哈眼"，需要"严加看管，插上标签"的魔鬼、色鬼，"提着泪水浇灌枯树"的冤鬼，"光着脚丫的豆科女鬼"和"我们这些蝼蚁一样的人，黑压压的胆小鬼"。其实，这写的就是尘世众生苦相，让人不由想起沈从文先生的《八骏图》。"心虚的人如影相随"被关在"在一间装满长木盒子的黑屋过夜，俗称棺材铺"。身在这个时代，韩兴贵看过，也真切地品尝过人间百味，是真正的过来人。所以，痛陈世事之后，他仍愿以"生之道"反哺人间。"大风的活棺材停住，而我一直以为就住在那里面"，可"一个人东想西想，还要继续活下去"（《小雪观察》）。不如做个云淡风轻的看客，索性泡一壶茶，在树荫底下，看看这个魑魅魍魉、百鬼夜行的人间。

苏珊·朗格认为艺术形式与生命形式具有相类似的逻辑形式，

北方地域性格和方言深刻地雕凿着韩兴贵的文化性格和诗歌品格。北方风雪里的粗犷、坦荡、豪气和率性自然，那些语词将被精英、技术、速度、解构等妖魔化了的黑土地重新拼合起来，在文本和现实中间，搭建起一个审美的修辞空间。这里的雪是骑在马下的，风能"穿越白骨、噩梦或现实"（《我的爱》）。诗也因此透着股"侠气"。他们朴实、不拘小节、挥洒自如，"在异乡偶遇，两三杯残茶炮制出鸟一般的潮汕话"（《天气错了》），生存在这里是一个很具体的词。这里的人元气尚在，精神世界也必然呈现一种锤炼过的韧性之美。

中国古典诗词讲究托物言志，草木山石、风花雪月无不妙笔生花于诗人笔端。"冬季到来雪茫茫，寒衣做好送情郎。"韩兴贵也爱写雪。在这个典型的北方诗人的诗歌世界中，自然世界的抽条生计，由大雪的降临触发。"大雪下白了桃林，下白了狗叫声，下白了池塘。惊起水底的鱼儿，弄破了它的黑裙子。长须像泥土里的麦芽，使大地倾斜"（《小桃》），惊醒了睡梦中的万物。雪是北方的标志性符号，在东北，雪是疾砸到面门上来的，雪是凛冽着酒味儿的，雪是压着枯枝啸着匪气的。"一匹白马刚刚成形，眼里藏着积雪"（《塞上》），它是北方世界的底色和生机。

《文心雕龙·物色》有云："诗人感悟，连类不穷，流连万象之际，沉吟视听之区，写气图貌，既随物以婉转。"认为诗人对物的描写往往随情感变化而变化。雪作为一种常见的自然现象和生活经验，烙印在当地人的生命深处。在韩兴贵笔下，雪是北方大地的皮肤，包裹诗心。"光天如水，欢愉至上的一天来得是多么地及时。慢慢化开眼前的那片雪白，一把刀，暗藏在口中"（《地肤》）。他所寻求的精神慰藉在雪身上得到了戏剧性的浓缩。"只因为在同一种心情中活得太久。皇帝需要新装，我却急需一年的大雪表白""事事凋敝，雪盛"（《大寒》）。同时，"雪"也作为诗人连通内心思辨与外部世界的视角被启用。透过北方性格的雪去抚摸北方世界显然是一个极具个性且有效的方法。诗人眼中的雪对世界怀有神性的关怀，"每个人的头上都顶着一个小花碟装满水分子的，音高薄片，品质银亮"，连现代引以为豪的科学精神也"嫌自己不够活泼，不够冷，也不够白"，而不敢替代它。通过"雪"，一个人可以掌握"一个冬天的主动权"，去"观察吊在那里的一群眼斜口歪"（《小雪观察》）。雪甚至取代玫瑰成为信物，回应人类情感的百转千回，"从滤光镜里说再见，再见不见的是去年那人。爱得入骨，春雪阑珊，埋进红土的泪巾"，回应"皇后一样的盛怒呀"（《苦词——为紫薇题作》）。

在传统诗歌中，"雪"意象的内蕴多由其自然物态特点之寒冷、易逝而多停留在羁旅他乡、境遇落魄和品性高洁两类。而韩兴贵通过"雪"拉近了诗人与自然万物的距离，人、诗歌和自然一同回归本真，将人与世界的被动跟随转化为人以世界之眼感受自身的主动审美，在雪落的静谧中重拾生命的重音。这不仅是诗歌写作技艺上的独辟蹊径，更是诗人悟性和想象力的深刻体现。现代与原典，精确科学与兴观群怨、理性计算与感性抒发，外力挤压所生的沟壑在诗中获得了一次和解的机会。自一刚一柔的语词缠绕中，生发出一种既胸怀历史，又开启未来的诗歌态度。当其他歌者不停地弃旧图新，期待唱出与众不同的乐调时，韩兴贵选择重返"遗落的沙洲"。

诗歌写作的技术并不仅仅局限于词的择选、句的编排和篇的谋划，也就是说，语言是作为沟通外部世界与诗人内部精神的工具，它的应用的确具有技术性。但是，我们并不能将技术性等同于语言的技术性应用。在诗歌和语言的关系中，更重要的应该是人的情绪、情感和观念。《空山》没有刻意种植希望，流动的情绪却在意象的簇拥和语言的生发中传递了诗人这样的声音：人生，就是用字里行间的热去掩盖主题的冷。

三、穿梭于古今

人们习惯将当代新诗称为"现代汉语诗歌"，肇因于20世纪80年代文化寻根背景下"汉诗"概念的提出。1997年，王光明提出将"现代汉语诗歌"作为对"汉诗"的重命名（1997年7月，王光明在参加现代汉诗国际学术研讨会时提出："现在和未来中国诗歌的写作，不能不认真面对远非完美、稳定的现代汉语这一语言形态，犹如我们已无法回避陌生的全球性经济、文化的背景，无法回避在此背景中文化融合与文化失真的矛盾一样。"），他指出："作为一种诗歌形态的命名，它意味着正视中国人现代经验与现代汉语互相吸收、互相纠缠、互相生成的诗歌语境，同时隐含着偏正'新诗'沉积的愿望。"（荒林：《20世纪中国诗歌的反思——"现代汉诗学术研讨会"述要》，《文艺争鸣》1998年第2期。）这对当代诗歌做出了时间维度上的确定。曾几何时，现代文学和古典文学为了分出个高下而阵营分明，大有"老死不相往来"之意。令人欣慰的是，今天越来越多的作家、诗人致力于综合包容所有观念和视野。现代文学的研究需要深厚的中国古典文学积淀和广泛的世界文学积累，古典文学的研究也需要吸收现代文学的新观点和新动态，这样开阔的胸襟和灵活的方法，应该成为文学创作和批评持续前进的绝佳动力。

我国的古典诗歌注重声律和押韵，在听觉上给人的享受更多，当代诗歌邯郸学步于西方文化，在"看"的方面下的功夫更多。当然，这也是造成诗人和读者间隔的原因之一。韩兴贵是一位相当具有古典气质的当代诗人。他的诗注重与古典诗词、典故的互文共通，笔走龙蛇中游刃有余地缝合起语词的前世今生，为"文"的延伸打开了时空的大门。由此，他对古典诗和现代诗做了一个较好的融合，在"听"和"看"的拼合努力上做了很好的示范。

比如，《伐檀》是《诗经》中反映劳动者反抗统治者压迫的经典诗篇之一。韩兴贵对它进行了现代书写，用语言创造一种时空穿梭之感。他开篇点出时令是孟冬，"孟冬寒气至"，吹过了节气，也吹散了人心中温顾，令人周身顿生被时间遗弃的寒意。此时，一句"坎坎伐檀兮，真之河之干兮"的引入，又借古义在今生出一股希冀的温热之感。然而，"之谁兮也不在魏风中"，时空转移到1969年中国某省的一个高山顶上，一幅现代式的混乱和困惑的书画——高达97%有机物可燃应该如何混合可得"山之空"——如何寻找自然的"美色"？诗中那个喝酒外行的骑手"公路骑他，他骑空气骑山妖"，在空间中颠倒混乱，184个假摔还"以为身在鲁国左右都是"。这种时空切换造成的眩晕混沌之感在两种语言系统的汇合，古义的哀愁不平与今言的调侃任意在同一诗歌文本中并置，其古奥与直言、深重与轻快的交织让诗情随之起伏颠簸、百味杂陈，拓展出新的诗意审美空间。韩兴贵借弥合双方的棱角之便，在断裂与连接之处种下了"伐檀苦于伐心之不人道惨目伤心兮"的诗心。

读《空山》给了我两种体验："通透"和"凝练"。"凝练"是他的炼字精神给我的感受。比如，《码头现象》有一句"两只洋狗交换意见，船声伐人"，这个"伐"字，在描写周遭环境嘈杂的同时，暗示了诗人内心的动荡迷乱状态，一个动词即沟通物我。又如《伶仃洋》中，"英雄气短，青山陡立，孽海余生。带在身上的生死气味犹如刺葵的恶绿"，类此字数整饬、用词古雅、气势博大的诗句不胜枚举。这种古典与现代的碰撞，使诗歌在内容和阅读美感上都获得了充裕的张力空间，是现代汉语诗歌写作中的优秀尝试。他的诗不是写出来的，是用心篆刻的，流淌着一位当代诗人对诗句的执着和考究，饶是如此，我竟从未产生过过于雕凿之疑。

深厚的文学积淀和语言功底是韩兴贵的文字特征。那种在古今文化中收放自如的呼吸吐纳，让现实生活的每一帧都透出醉人的墨香，即便琐碎、迷惑和不平，也因此笼上了光晕，尖锐的不怂得到了部分的缓释，使得读者更容易进入更深层的感受和思考，避免了某种肤浅的表面的义愤和无头脑的激情。当然，陷入任何一种观念的极端对诗歌都是不利的。在写当代诗歌时，他在现代汉语的使用中嵌入了鲜明的个人审美特征，尤其是在讲述日常故事时，那些口语、俚语的使用把故事的画面烘托得更加鲜亮动人。"通透"之感就来自他现代汉语的使用部分。他从不避讳那些不够晶莹的语言，普通人家饭桌上、工作间的方言、俗话、土话、乡音反而成为成就他语言风格的肱骨之臣。这首先得益于他对日常生活相近的观察和记录，另外，对普通人心态的深切琢磨，也使他的表达"通晓民情，说透民心"。例如，在《吃食》中，两只土狗争抢吃食的场景，"吧唧嘴，不说话。吃食不是吃食，如同野餐，你不能叫它吃野食"。"吧唧嘴"是极度日常的、甚至带着戏谑的口吻，初读似有确证人们对当代诗歌的"误诊"的嫌疑。但是，转念你就会发现，这样"接地气"的表达反而正是对诗歌"破坏"日常生活的反拨，能够激活读者强烈的在场感。不论是民间写作还是精英视角，从写作这件单纯的事件上来看，并不是泾渭分明的两条河流，想要在这上面确定某种所谓的民间或知识分子立场，其功利性就远大于文学性了。如果能够摒弃这样的成见，只从诗歌的角度来考虑，这首诗的意趣就单纯不做作地呼之欲出了。

"诗人心里都有一条体系"（《水色》）。一个诗人的灵魂是自由而孤独的，他的孤独来自对世界的敏感和深思。当这些付于文字，"舌头上永远拉着一列存在主义的小火车"，自由就不可避免地受到句群的围困。韩兴贵有一种与语言独特的相处方式：一个现代的他和一个古典的他，"一个人，滴滴嗒嗒，围着彩虹裙转来转去"（《大凉山》），"一句口头禅的假头套念念有词，然后领着一群老虎在人堆里玩躲猫猫"（《以为自己还不够坏》），一个"为所有过去的日子/重写一次南庭芥花的墓志铭"（《百花》）。

如果将韩兴贵的诗放入古典诗歌与现代诗歌的维度考量，他的诗风无疑有相当偏重古典的倾向。但是，需要指出的是，这并不代表他的诗就是某种古典幽灵的现代还魂。与其说这是对古典诗歌传统的单纯继承，将它理解为一个传统中国语料库显得更恰当，它的出现为诗人当代经验的表达提供了一条古典的路子，其最耀眼的部分，仍是那种诗人情绪和姿态的传达。口语的见素抱朴与经典的字字珠玑在同一位诗人笔下，反而达成了某种和解，在诗人的情感流动中，共同为经验和情绪的传达服务。与其说这是两种表达方式的合作，不如说，它们为诗人的情感通往世界的过程中，提供了更多的选择。

结　语

进入21世纪，整个世界范围都沉浸在一场文化高热中，多方话语交织汇聚，知识分子日日咂摸在嘴边的文化。回望旧时堂前燕，正成群涌入寻常百姓家。高科技和资本狂潮绑架下的人终于不堪重负，缓释早已凌乱的脚步，反观"人的奴性处境"。从物回到人，反思、回归如潮水般涌来，从来没有一个时代如今天一样，使摧枯拉朽的现代化统一运动获得如此狂热的共鸣。也没有任何一个时代如今天一样，如此渴望"诗神"的再次降临。中国的当代诗坛自1976年起，就陷入了某种狂热的"圈地运动"中，填补诗歌创作"空白"的企图成为诗歌阵地上分秒必争的攻坚战。但是，阅读的企图若直接指向简单的归类战队，就必然会陷入诗歌脸谱化、技术化的窠臼，这当然不是诗歌创作和批评的初衷。诗歌作为人最敏感的神经，要完成的仅仅是一次单纯的表达。从这个角度看，不论选择何种语料库、何种句式、何种布局，都不过是为了完成一次精神跋涉所必须的过程。

"假作真时真亦假，无为有处有坏无"曰空，"春秋寒暑不由人，悲欢荣辱付流云"曰空。《空山》之"空"非仅是字面意义上的"空"，韩兴贵的"空山"里，有炊烟袅袅，有街头无赖，有百鬼夜行，也有雪霁天晴。这不是一座出世"空"山，而是一座人境之山，它热闹得甚至嘈杂，丰富得让人应接不暇。这个"空"也许才是佛语有言"无即是有，有即是无"。"空"成为一种本然的自然状态，是澄澈之境。人心之纯，反而博大能容，所说的"空"是人情浓郁、人世万象在诗人澄净世界中的投射，"也无非以一个人的倾尽可能，是没有，是幻觉，仿佛从来就没有存在过"（《我的爱》）。在文字艺术上，"空"也隐秘地贯穿诗集始终。这主要建立在时间（古今）和空间两个维度的跨越上。韩兴贵尤其善于通过古文与现代汉语的此起彼伏创造这种时空感。这不但营造了阅读感受上的时空交错之感，更重要的是，他善于在现代人的生活中寻找古典的影子，两者互为底色，共同哺育当下。从这个角度上看，《空山》反而是满、是泽、是润。

不论处于何种历史阶段，每个"局中人"都无法逃避某个时代的混乱、深渊、残渣和真相。当今世界正在经历一次反抗和解构的浪潮，人们极力倡导的"多元""本土""地方"和"边缘"等关键词不断巩固其合法地位。同时，个体的主体性和异质性也决定，每个人都可以用独特的感受和言说方式建构一套个人的价值体系和"世外桃源"。当然，这难免会使事情走入另一个极端：泛化的自由和私人化会使世界整个堕入更为混乱的境况。当时代和历史的话题在反复诠释下逐渐失去光泽和震惊，诗人自身的感知力和创造力就被抬到了一个相当高的地位。好的诗歌会令哲学感到恐慌。我想，诗人的存在，就是摆脱必须依靠推断确立的在场疑惑，在世界陷入无节制的"迷狂"前，为它提供一套用以歌唱的《以赛亚书》，这是一种新的"隐逸"。

在韩兴贵的身上，我看到了一种可贵的"钝气"，他的诗看似拙于技巧，实际上却充满"悟"的灵光。他的归航为诗歌回答"当下性"问题提供了一种解悟和言说的力量。韩兴贵并不企图做一个"大"的诗人，他努力的方向是做一个"好"的诗人。在这一点上，韩兴贵无疑是非常成功的。